Orgullo y placer
Elizabeth Power

Editado por HARLEQUIN IBÉRICA, S.A.
Núñez de Balboa, 56
28001 Madrid

© 2010 Elizabeth Power. Todos los derechos reservados.
ORGULLO Y PLACER, N.º 2097 - 17.8.11
Título original: For Revenge or Redemption?
Publicada originalmente por Mills & Boon®, Ltd., Londres.

Todos los derechos están reservados incluidos los de reproducción, total o parcial. Esta edición ha sido publicada con permiso de Harlequin Enterprises II BV.
Todos los personajes de este libro son ficticios. Cualquier parecido con alguna persona, viva o muerta, es pura coincidencia.
® Harlequin, logotipo Harlequin y Bianca son marcas registradas por Harlequin Books S.A.
® y ™ son marcas registradas por Harlequin Enterprises Limited y sus filiales, utilizadas con licencia. Las marcas que lleven ® están registradas en la Oficina Española de Patentes y Marcas y en otros países.

I.S.B.N.: 978-84-9000-416-6
Depósito legal: B-23626-2011
Editor responsable: Luis Pugni
Preimpresión y fotomecánica: M.T. Color & Diseño, S.L.
C/ Colquide, 6 portal 2 - 3º H. 28230 Las Rozas (Madrid)
Impresión en Black print CPI (Barcelona)
Fecha impresion para Argentina: 13.2.12
Distribuidor exclusivo para España: LOGISTA
Distribuidor para México: CODIPLYRSA
Distribuidores para Argentina: interior, BERTRAN, S.A.C. Vélez Sársfield, 1950. Cap. Fed./ Buenos Aires y Gran Buenos Aires, VACCARO SÁNCHEZ y Cía, S.A.
Distribuidor para Chile: DISTRIBUIDORA ALFA, S.A.

Capítulo 1

—LAS INAUGURACIONES son siempre enervantes, señorita Tayler —le dijo a Grace la chica pelirroja de la carpeta para tranquilizarla mientras ajustaba un micrófono a la solapa gris de su chaqueta—. Pero a esta galería le irá bien. ¡Estoy segura! —recorrió con los ojos una pared llena de obras de arte contemporáneo, serigrafías firmadas y cerámicas que había tras la enorme vitrina de cristal situada justo a espaldas de Grace—. Grabaremos primero el exterior, así que todavía pasará un rato hasta que entre en plano —le estiró suavemente la solapa y con dedos hábiles le retiró un pelo—. ¡Lista! ¡La cámara le va a adorar!

«¡Pues ya será más de lo que ha hecho la prensa escrita!», pensó Grace, recordando lo mal que la habían tratado después de romper cuatro meses antes con su prometido Paul Harringdale, hijo de un próspero banquero. Los calificativos que le dedicaron entonces las publicaciones sensacionalistas fueron desde «frívola» y «veleidosa», hasta «la rubia alta y sensual que no era capaz de tomar la decisión correcta aunque su vida dependiese de ello». Había sido todo de muy mal gusto, y el hecho de que la última frase procediese de un periodista que la había pretendido sin éxito hacía que no le mereciese la pena perder el sueño, pero le había dolido de todas formas.

—Buena suerte —le dijo alguien al pasar cuando se abrieron las puertas y los invitados, los críticos y distintas personalidades del mundo del arte empezaron a entrar en la galería.

–Gracias. La voy a necesitar –rió Grace por encima del hombro, reconociendo a su amiga Beth Wilson, una morena escultural y «verticalmente desfavorecida», como a ella le gustaba definirse. Medía poco más de metro y medio y aseguraba a todo el mundo que para ella la vida consistía en mirar siempre hacia arriba. Leal y eficiente además, era la mujer a la que Grace había contratado para dirigir la pequeña galería de Londres mientras se dedicaba a su principal objetivo en la vida, que consistía en intentar reflotar la empresa textil que su abuelo había fundado y que atravesaba serias vicisitudes desde su fallecimiento hacía justo un año. Y todo sin el apoyo moral de Corinne.

Desde que heredó de su marido su parte de la empresa, Corinne Culverwell había dejado claro que no tenía ningún interés en implicarse en el negocio. Y aquel día en que le llovían las felicitaciones y los buenos deseos desde todos los ángulos, Grace lanzó una mirada rápida a su alrededor preguntándose por qué su madrastra, nombre que siempre le pareció inadecuado para una mujer apenas tres años mayor que ella, había alegado a última hora que tenía un compromiso previo que le impedía acudir esa noche.

Cuando guiaba a dos invitados que le dieron la enhorabuena a la mesa donde se servía el champán, Grace vio que el equipo de televisión estaba recogiendo fuera. Se dijo que debía mantenerse centrada y se armó de valor para la inminente entrevista. «Tranquila. Relájate».

–Hola, Grace.

Una punzada le tensó la espalda al escuchar aquellas dos palabras susurradas que la hicieron girarse hacia el hombre que las había pronunciado.

¡Seth Mason! No pudo hablar, ni siquiera pudo respirar durante un instante.

Aquella voz debía de haberle bastado para reconocerlo, una voz grave sin acento alguno. Además, sus rasgos masculinos, más acentuados si cabe por la madurez, eran imposibles de olvidar. ¿Cuántas veces había soñado con aquella cara angulosa, con aquellos ojos grises sobre la imponente nariz? Su cabello negro y abundante, ligeramente ondulado, se curvaba en la nuca y unas cuantas mechas caían despreocupadamente sobre su frente.

–Seth... –su voz se fue apagando por la sorpresa. Con los años, había añorado y temido en la misma medida volver a verle, pero nunca había esperado que ocurriese algo así. Sobre todo allí. Aquella noche. ¡Justo cuando necesitaba que todo le saliese bien!

Desde su mayor altura, la miró con ojos penetrantes y su boca, la misma que la había vuelto loca por él cuando le había besado, se torció en un gesto un tanto burlón al ver que ella se turbaba.

–¿Cuánto tiempo ha pasado, Grace? ¿Ocho... nueve años?

–No... no me acuerdo –balbuceó. Pero sí se acordaba. Los pocos y aciagos encuentros que había tenido con él seguían grabados en su memoria. Había sido hacía ocho años, justo después de su decimonoveno cumpleaños, cuando creía que todo en la vida era blanco o negro, que la vida estaba diseñada a la medida de sus deseos y que podía obtener todo aquello que se propusiera. Pero desde entonces había aprendido duras lecciones y ninguna más dolorosa que la derivada de su breve relación con aquel hombre, ya que había descubierto que las cosas no se obtienen sin pagar antes un precio, y que éste puede ser muy alto.

–¿No lo recuerdas, o no quieres recordarlo? –le retó él cortésmente.

Resistiéndose a recordar cosas en las que no quería ni pensar, se consoló al ver que la vitrina de las cerámicas los separaba del resto de los invitados. Ignoró aquella pulla disfrazada y dijo con una risilla nerviosa:

–Bueno... ¡Qué casualidad encontrarte aquí!
–Casualidad.

—¡Menuda sorpresa!
—No lo dudo.

Le estaba sonriendo, pero no había calidez en sus ojos grises. Su mirada era más perspicaz y exigente, si eso era posible que, cuando tenía... ¿cuántos?, ¿veintitrés?, ¿veinticuatro años? En un cálculo rápido adivinó que debía de tener unos treinta y pocos años.

La tensión entre ambos se hacía cada vez más mayor, y en un esfuerzo por aliviarla señaló con la barbilla un grupo de acuarelas de un artista prometedor y preguntó:

—¿Te interesa el arte moderno?
—Entre otras cosas.

Ella no mordió el anzuelo. Estaba segura de que él tramaba algo y no estaba dispuesta a plantearse siquiera qué podría ser.

—¿Pasabas por aquí? —su nombre no estaba en la lista. De ser así, enseguida se habría dado cuenta. No iba elegantemente vestido, como muchos de los demás invitados. Llevaba una camisa blanca abierta bajo una chaqueta de piel que no ocultaba la anchura de sus hombros, y sus largas piernas enfundadas en unos vaqueros negros que marcaban una delgada cintura y unas caderas estrechas, indicio de que entrenaba duro con regularidad.

—Eso sería demasiada coincidencia, ¿no crees? —respondió en voz baja. Pero no le aportó más información sobre cómo había conseguido cruzar el umbral de la pequeña galería y justo en aquel momento Grace estaba demasiado nerviosa como para interesarse.

Miró a su alrededor con mayor intención y preguntó:

—¿No ves nada que te guste? —y deseó vapulearse por no escoger sus palabras con más cuidado al ver la forma en que él sonreía.

—Una pregunta un tanto directa, ¿no te parece? —ella se sonrojó mientras imágenes, olores y sensaciones invadían cara rincón de su mente—. Pero creo que la respuesta debería ser algo así como «el gato escaldado del agua fría huye».

¡Así que todavía le guardaba rencor por la forma en que lo había tratado! No le ayudó pensar que seguramente ella también lo estaría si estuviera en su lugar.

—¿Has venido a echar un vistazo, o sólo a pegar tiros?

—Haces que parezca un francotirador —rió él.

—¿Sí?

«Me pregunto por qué», pensó Grace con ironía, percibiendo una mortífera determinación tras aquella serena apariencia e incapaz de adivinar exactamente en qué consistía.

Él la miró de soslayo y unos oscuros mechones le cayeron sobre la frente. Con eso y con todo, en los dedos de Grace ardió el deseo absurdo de apartárselos de la cara.

—¿Sigues respondiendo a las preguntas con otra pregunta?

—Eso parece —le sorprendió que él se acordara de eso, incluso aunque ella no hubiese olvidado ni un solo momento de las tórridas horas que habían compartido. Le miró directamente a los ojos—: ¿Y tú? —él trabajaba entonces como peón en un varadero y resultaba mucho más atrayente que cualquiera de los jóvenes que ella hubiese conocido en su misma esfera social—. ¿Sigues viviendo en el West Country? —él asintió de forma apenas discernible—. ¿Y sigues entreteniéndote con los barcos?

Era el nerviosismo lo que la hacía parecer tan insultante, pero por la forma en que Seth frunció sus ojos grises, obviamente se lo estaba tomando de la peor forma.

—Eso parece —dijo, arrastrando las palabras para lanzárselas de vuelta—. Pero ¿qué esperabas de un joven con demasiadas ideas que están por encima de sus posibilidades?

Ella se estremeció al recordar las cosas que había hecho siendo joven.

–Eso fue hace mucho tiempo.
–¿Y eso disculpa tu comportamiento?
«No, porque nada podría disculparlo», pensó ella avergonzada, lo que le hizo responder en tono cortante:
–No te estaba ofreciendo mis disculpas.
–¿Entonces qué es lo que ofreces, Grace?
–¿Crees que estoy en deuda contigo?
–¿No es así?
–¡Fue hace ocho años, por Dios bendito!
–Y tú sigues siendo la misma persona. Rica, consentida y totalmente indulgente contigo misma –esta última observación vino acompañada de una rápida y calculadora mirada a la galería recién reformada, llena de obras caras, buena porcelana y muebles de buen gusto, que se debían más a la afición de Grace por el diseño que a un gasto excesivo–. Y yo sigo siendo el chico pobre del lado equivocado de la ciudad.
–¿Y eso de quién es la culpa? –la actitud hostil de Seth desataba espirales de temor en su interior–. ¡Mía no! Y sigues empeñado en... en...
–¿Diseccionar tu personalidad? –él sonrió, disfrutando al verla perder la compostura.
–Tendré que hacer que te echen –dijo ella en voz baja, esperando que nadie pudiese oírle.
La forma en que él alzó la ceja le recordó lo ridículo de aquella amenaza. Su enorme envergadura le otorgaba una fuerza y un estado físico que lo situaba a años luz de cualquiera de los que pululaban por la galería. De nuevo volvió mostrar la misma sonrisa desafiante.
–¿Lo vas a hacer tú personalmente?
Una inoportuna sensación la recorrió al imaginarse agarrándolo y recordar el modo en que había sentido su cuerpo, firme y cálido, la fuerza de sus músculos, la suavidad de su piel húmeda.
–Ya decía yo –dijo él.
Parecía tan confiado, tan seguro de sí mismo, que Grace quedó asombrada y se preguntó qué le hacía pen-

sar que podía ir allí a insultarla y, al mismo tiempo, por qué no había progresado. Parecía tan ambicioso, tan lleno de expectativas, tan dispuesto. Y era aquella determinación por obtener lo que deseaba lo que lo hacía tan atractivo a sus ojos...

—¿A qué viene esa sonrisa de Mona Lisa? —preguntó él—. ¿Te provoca algún tipo de retorcida satisfacción saber que la vida no acabó siendo del modo en que los dos pensábamos que sería... ni para ti ni para mí?

Grace bajó la vista para no ver la petulancia que había en sus ojos. Si pensaba, equivocadamente, que ella se había estado burlando de él por no ser gran cosa, estaría disfrutando sin duda al recordarle un futuro que ella había dado por hecho siendo joven y estúpidamente ingenua.

—No tanta satisfacción como parece provocarte a ti.

Él inclinó la cabeza en un gesto galante.

—Entonces, estamos empatados.

—¿De veras? —agarró una copa de champán de la bandeja que se les ofrecía, aunque había decidido con anterioridad mantener la cabeza despejada aquella noche. Vio que Seth lo rechazaba, negando con la cabeza—. No me había dado cuenta de que nos estábamos anotando tantos.

—Ni yo —su boca sensual se curvó expresando una especie de regocijo interior—. ¿Es así? —la pregunta la pilló desprevenida y él continuó antes de que pudiese pensar en una respuesta apropiada—. He dejado de envidiarte, Grace. Y a la gente como tú. Nunca conseguí dominar el arte de utilizar a los demás en mi afán por obtener las cosas que deseaba, pero estoy aprendiendo. Ni jamás me pareció necesario hacer lo que se esperaba de mí para impresionar a mi selecto círculo de amigos.

El entrevistador había acabado fuera con el equipo de rodaje y estaba hablando en la calle con el productor. En cualquier momento, éste se acercaría a hablar con ella.

Se preguntó asustada qué aspecto tendría, sintiéndose totalmente angustiada después de encontrarse cara a cara con Seth Mason.

–Si lo que quieres es arrojar sobre mí tus frustraciones y tus decepciones porque las cosas no te han ido del modo en que pensabas –sonrojada e incómodamente sudorosa, inspiró profundamente intentando mantener la calma y el control–, podrías haber elegido un momento más oportuno. ¿O tu intención al presentarte aquí era simplemente la de violentarme?

Él sonrió, y su rostro mostró de pronto una inocencia burlona.

–¿Y por qué querría hacer algo así?

Él sabía por qué, ambos lo sabían. Grace había querido olvidarlo, pero era obvio que él nunca lo había hecho. Y se dio cuenta, desesperada, de que nunca iba a hacerlo.

–Sólo estaba interesado en ver por mí mismo el nuevo negocio de Grace Tyler, aunque veo que no es nuevo del todo. Sé que heredaste esta tienda hace unos años y que has transformado un negocio venido a menos y apenas viable en el templo de las bellas artes que hoy tengo ante mí.

Grace sabía que era una información que podía haber extraído de cualquier revista del corazón, pero seguía sin gustarle la sensación de que él, o cualquier otra persona, supieran tanto sobre ella.

–Una actividad muy diferente a la del mundo de la industria textil –comentó él–. Pero es cierto que prometías... en lo que respecta al arte... –aquel titubeo intencionado indicó exactamente lo que pensaba de los demás rasgos de su carácter– Hace ocho años. Esperemos que tengas más éxito con esto –apuntó con la barbilla– que la que has tenido como directora de Culverwell... o en cualquiera de tus relaciones, en realidad.

Herida en lo más profundo por las obvias referencias

a su reciente ruptura y a los problemas de su empresa, Grace levantó la vista con el rostro desencajado.

¿Acaso había ido allí a regodearse?

—Mi vida sentimental no es asunto tuyo —decidió que el único modo de tratar con Seth era pagándole con la misma moneda, porque estaba claro que un hombre tan resentido como él no iba a perdonarle el modo en que lo había tratado ni aunque se arrodillara en el suelo para pedirle perdón, cosa que no tenía ninguna intención de hacer—. Y en cuanto a mi vida profesional, creo que tampoco es asunto de tu incumbencia.

Él se encogió de hombros despreocupadamente.

—Incumbe a todo el mundo —declaró, ignorando su arranque de ira—. Tu vida sentimental y profesional es del dominio público. Sólo hay que echar un vistazo al periódico para saber que tu empresa va mal.

Los medios se habían cebado con ese tema y la habían acusado a ella y al equipo de dirección de Culverwell de ser los principales causantes del descalabro, cuando todo el que no tuviese una opinión negativa de Grace sabía que la empresa no había sido sino una víctima más de la recesión económica.

—Dudo que un peón de... de la Conchinchina esté en posición de aconsejarme sobre la forma de manejar mis asuntos —no quería decirle aquellas cosas, ni ser tan cáustica en lo referente al modo en que él se ganaba la vida, pero no pudo evitarlo debido a su actitud autoritaria y petulante.

—Tienes razón, no es asunto de mi incumbencia —dedicó una sonrisa encantadora a la pelirroja que esperaba con la directora de la galería a pocos metros, indicándole a Grace que estaban preparados para entrevistarla—. Bueno, como dije antes, espero que tengas mucho éxito.

—Gracias —respondió Grace de forma mordaz, consciente de que el trasfondo de su voz indicaba que los deseos de aquel hombre no eran sinceros. Aun así, forzó una sonrisa y se marchó para reunirse con el entrevistador, deseando que tuviera que hacer de todo menos enfrentarse a una cámara tras pasar por aquel reencuentro inesperadamente duro con Seth Mason.

Fuera, en el aire frío de noviembre, Seth se detuvo y la observó a través del escaparate plagado de cuadros. Grace estaba frente a un periodista famoso por hacer sudar a sus entrevistados, pero esbozaba una sonrisa suave y aparente, y se mostraba tranquila y relajada. Era ella, y no al contrario, la que desconcertaba al entrevistador con sus ojos azules.

Seth pensó que seguía siendo una sílfide, que estaba igual de hermosa. No le costó recorrer con la mirada aquel rostro encantador, realzado por el cabello claro y rizado, y las suaves curvas que se insinuaban bajo el traje tan favorecedor que llevaba. Pero al notar la excitación que le provocaba se dijo que Grace no había cambiado y se advirtió que debía recordar el tipo de mujer que era, capaz de jugar con los sentimientos de un hombre hasta que se cansara de hacerlo. La forma en que lo había dejado y el último pobre desgraciado, su prometido, eran la prueba. Seguía siendo una esnob.

Lo que necesitaba era alguien que le hiciese entender que no podía salirse siempre con la suya, alguien que le exigiera respeto y lo obtuviese. En resumen, lo que necesitaba era alguien que le bajase los humos, y él se iba a conceder la enorme satisfacción de hacerlo.

Capítulo 2

LA ENTREVISTA había terminado y la fiesta también.

Grace exhaló un suspiro de alivio.

La noche había ido muy bien. De hecho, Beth había reservado varios cuadros y vendido una o dos piezas de cerámica. La entrevista también había sido satisfactoria y Grace no había tenido que enfrentarse a ninguna de las incómodas preguntas que temía que le hiciesen. Debía estar contenta y se dijo a sí misma que lo estaba, excepto por el encuentro con Seth Mason.

No quería pensar en ello. Pero conforme ascendía por las escaleras del apartamento que tenía sobre la galería después cerrar el establecimiento, empezaron a fluir recuerdos hacía tiempo enterrados y no pudo evitar que la asediasen por mucho que intentara evitarlo.

Conoció a Seth en una pequeña localidad costera del West Country poco después de cumplir diecinueve años, en el lapso de las pocas semanas que transcurrieron entre el final de sus estudios en el instituto y su ingreso en la universidad.

Había llegado desde Londres para pasar un tiempo con sus abuelos, que eran quienes la habían criado y tenían allí una residencia de verano, una casa moderna en las montañas boscosas que dominaban aquel pequeño centro vacacional.

Aquel día aciago que quedaría para siempre grabado en su memoria, había salido con su abuelo porque éste quiso acercarse al pequeño varadero que había al final del pueblo, ella no recordaba exactamente por qué razón. Pero, mientras Lance Culverwell se internaba en la destartalada oficina, vio a Seth trabajando en el casco de una vieja embarcación. Se había fijado en el modo en que su ancha espalda se movía bajo la basta tela vaquera de su camisa y en cómo las mangas enrolladas dejaban al descubierto unos brazos fuertes y bronceados que se afanaban en remachar el blando metal. De forma inconsciente, se apartaba de la cara el pelo negro e indomable y, mientras trabajaba, unas mechas le caían hacia delante de modo tentador.

Entonces se giró y ella apartó rápidamente la vista, pero no lo suficientemente rápido como para que él no se diera cuenta de que Grace estaba contemplando los marcados ángulos de sus caderas, enfundadas en un pantalón vaquero.

Él no dijo nada. Ni siquiera respondió a su presencia con una sonrisa. Pero hubo algo tan perturbador en aquellos ojos grises cuando ella volvió a mirar hacia donde él estaba, que se sintió inundada de sensaciones que jamás había experimentando antes al ser contemplada por otros hombres. Era como si pudiese ver a través del top rojo y los pantalones blancos el fino encaje que sujetaba sus pechos, de pronto extremadamente sensibles, y su pequeño tanga, el triángulo de satén que había empezado a humedecerse por algo más que el calor del día.

Una leve sonrisa asomó a la comisura de sus labios y ella decidió al instante que tenía una boca atractiva, tanto como sus ojos y su arrogante mandíbula. Ella no reconoció su presencia, aunque empezó a preguntarse si debía hacerlo, pero entonces Lance Culverwell salió de la oficina con el dueño del varadero y fue a ellos a quienes sonrió.

No miró hacia atrás mientras se dirigían al largo Mercedes descapotable, cuyo brillo plateado sobre la grava anunciaba la posición de su familia comparada con los vehículos más viejos y modestos allí aparcados. Pero, de forma instintiva, ella supo que él la miraba conforme se marchaba, siguiendo con los ojos el pelo que le caía por la espalda como una cascada dorada y el balanceo no del todo involuntario de sus caderas mientras rogaba durante todo el trayecto hacia el coche que las sandalias de tacón no le hicieran dar un traspié. Incluso pidió a Culverwell que le dejara conducir y salió de aquel viejo y gastado varadero con la cabeza alta y el pelo flotando en la brisa, con una risa un poco forzada ante un comentario de su abuelo, queriendo hacerse notar, queriendo que él se fijase y la deseara.

Por supuesto, él no era bueno para ella. Al fin y al cabo, no era más que un peón, en absoluto el tipo de profesión propia de los chicos con los que solía salir. Pero algo había pasado entre ella y aquel monumento con el que había intercambiado miradas aquel día, algo que desafiaba las diferencias culturales y económicas entre ambos y los límites de clase y estatus social. Era algo primigenio y totalmente animal que le hizo volver del pueblo enfervorizada por la excitación, imaginando que Lance Culverwell quedaría horrorizado si supiese lo que estaba pensando, lo que estaba sintiendo: un irresistible deseo de volver a ver a aquel dechado de masculinidad que le había hecho sentirse tan consciente de sí misma, y cuanto antes.

Y no tuvo que esperar demasiado. Fue a la semana siguiente, después de hacer unas compras en el pueblo.

Cargada con las compras para una fiesta que celebraban sus abuelos, empezaba a ascender por la colina deseando no haber decidido bajar caminando aquella mañana en lugar de hacerlo en coche, cuando una de las bolsas resbaló de sus manos justo cuando cruzaba la calle.

Al intentar recuperarla, otra bolsa cayó al suelo y a ella se le cortó la respiración al ver que de pronto una motocicleta se detenía frente a ella y un pie enfundado en una bota negra apartaba suavemente la primera bolsa errante a un lado de la calzada.

–Hola otra vez –la atractiva curvatura de la boca de aquel personaje vestido de cuero era inconfundible: Seth Mason. Se acordó de cómo su abuelo pronunció su nombre de modo informal cuando volvían a casa la semana anterior y lo había guardado como un secreto culpable. Cuando él le habló, el corazón se le cayó a los pies y luego empezó a latir de forma descontrolada.

–Intentas abarcar más de lo que puedes –parecía divertirle encontrarla en ese apuro, pero ella se enamoró de su voz profunda y cálida justo allí, en aquella carretera rural, mientras él se agachaba para agarrar la bolsa que aún no había recuperado y la restituía a sus brazos temblorosos–. Parece que necesitas que te lleven.

Su instinto de supervivencia le gritó que no aceptara la propuesta, que escuchara la sabia vocecilla que le advertía que relacionarse con aquel hombre sería abarcar más de lo que podía. Pero todo en él le parecía excitante, desde sus rasgos oscuros y enigmáticos a su cuerpo fuerte y esbelto, así como el sonido del motor de la motocicleta entre aquellas poderosas piernas enfundadas en cuero.

–Me llamo Seth Mason... por si te lo estabas preguntando –dijo con sequedad una vez hubo ella colocado las bolsas en las alforjas y subido a la moto.

–Lo sé –dijo ella, bajándose la minifalda, que se le había subido y mostraba más muslo del que ella deseaba que él viese.

–¿No me vas a decir tu nombre? ¿O crees que debería saberlo?

A Grace aquello le hizo gracia.

–¿No lo sabes? –preguntó descaradamente.

A juzgar por la mirada que él le lanzó por encima del hombro, no estaba especialmente impresionado.

–Me llamo Grace –dijo ella rápidamente al ver su mirada desafiante.

–Toma –le puso un casco en la mano–. Póntelo.

–¿Tengo que hacerlo?

–Si quieres ir conmigo, sí.

Le estaba diciendo que era el responsable de su seguridad. La idea de verse protegida por él provocó en Grace un pequeño escalofrío. Con voz un poco nerviosa, le dijo:

–Es la primera vez que me subo a una moto.
–Entonces, agárrate fuerte a mí.

Incluso en aquel momento, camino del apartamento sobre la galería, Grace todavía recordaba la emoción que le produjo rodear con sus brazos aquel cuerpo fuerte y viril, posar la mejilla en el cálido cuero que cubría su espalda mientras la motocicleta vibraba bajo ellos como si fuese un ser vivo.

–¡Inclínate conmigo! –le gritó por encima del ruido del motor–. No tires de mí hacia el lado contrario.

«¡Ni en un millón de años!» suspiró la joven Grace en su fuero interno, totalmente cautivada, aunque se guardó sus sentimientos durante un trayecto a casa inusitadamente largo.

–Hemos venido por el camino más largo –dijo ella intentado reprenderle mientras se bajaba de la moto. Las piernas le temblaban por más razones que la de la vibración del motor o la velocidad con la que él había conducido por aquella carretera estrecha.

Algo tiró hacia arriba de los extremos de su boca.

–Bueno, dicen que una chica siempre recuerda su primera vez.

A ella le ardían las mejillas cuando se quitó el casco y se lo devolvió.

–Yo lo haré. Ha sido francamente inolvidable. Gracias –pero la voz le tembló ante las imágenes que le provocó su comentario acerca de la primera vez de una chica. Se preguntó qué diría si supiera que para ella no había habido una primera vez en el más básico de los respectos. Que todavía era virgen. ¿Dejaría de interesarse por ella? Porque estaba segura de que él estaba interesado. ¿O la consideraría un reto, como muchos de los hombres con los que había salido, para luego echarse atrás al ver que no era una chica fácil?

Él estaba observando las impresionantes puertas de seguridad y la enorme casa con su acceso en curva situada justo detrás de ellos, pero cuando ella se dispuso a sacar las bolsas, le dijo:

—¿Quieres que te ayude a meterlas en casa?

Activando la apertura de las puertas, ella se echó a reír:

—Creo que no hace falta, ¿no te parece? —dijo, pero entonces, empujada por algo que escapaba a su carácter normalmente reservado, se sorprendió al oírse añadir de forma desafiante—: ¿O crees que sí?

Había estado jugando con él y, al recordarlo, en retrospectiva y con el beneficio de la madurez, lo sabía. Pero lo deseaba muchísimo, incluso sabiendo que una relación con un hombre como Seth Mason era algo absolutamente prohibido. Se avergonzó al pensar en cómo se había comportado entonces. Aun así, no pudo evitar que los recuerdos se extendieran hasta el último rincón de su cerebro, por mucho que ella quisiera contenerlos.

—¿Qué es lo que quieres de mí exactamente, Grace?

Recordó aquellas palabras como si se las hubiesen dicho el día antes. Con el casco quitado, él se había acercado a la parte trasera de la moto y le había ayudado a retirar la última de las bolsas.

—¿Quién dice que quiero algo de ti?

Él la miró fijamente, y sus ojos grises la inquietaron de tal modo que ella fue la primera en romper el contacto visual.

—Sabes dónde encontrarme —dijo él, recalcando las palabras al tiempo que se giraba con indiferencia y la dejaba recorrer sola y apesadumbrada el camino hasta la casa.

El arranque de la moto fue una explosión de sonido que la hizo girarse, y se encontró únicamente con la espalda de una figura arrogante que se alejaba a toda velocidad, como un ángel vengador. El rugido del motor selló con su personalidad cada ladrillo y balcón de aquel prestigioso vecindario, y allí permaneció mucho después de que él se hubiese marchado.

Ella no volvió a ir al varadero. No podía ser tan descarada como para dejarle pensar que iba detrás de él, incluso aunque para ella era una tortura no poder inventar una excusa para sus abuelos y bajar al pueblo a verle.

toria y tuvo otro pequeño escalofrío al adivinar que seguramente era así.

–¿Y tú lo tienes, Seth Mason?

Él se volvió a girar hacia el velero enganchado en su remolque y empezó a izar la vela, comprobando algo de la jarcia. Protegiéndose los ojos del sol con una mano, Grace contempló cómo la brisa empujaba aquel pequeño triángulo naranja.

–¿Que si tengo qué?

–Un rumbo.

–¿Por qué –preguntó de pronto, girándose hacia ella– todo lo que dices suena a desafío?

Ella recordaba haberse sentido extrañada ante aquella observación.

–¿Suena así?

–¿Y por qué respondes a cada pregunta con otra pregunta?

–¿Eso hago? –exclamó, y entonces se dio cuenta de lo que había dicho y se echó a reír.

Él se rió con ella, lo que tornó por completo su personalidad, haciéndola pasar de enigmática y perturbadora a otra de un encanto abrumador.

Atrapada en la trampa de su masculinidad, ella sólo pudo levantar la vista hacia sus facciones duras y bronceadas; a la alegría que había en aquellos ojos perspicaces y exigentes; a aquellos dientes blancos y a aquella boca grande y atractiva. Se preguntó cómo sería sentirla cubriendo, presionando y saqueando la suya.

–¿Haces algo aparte de entretenerte con los barcos? –la voz se le quebró mientras hacía la pregunta. En aquel estado de excitación se preguntó si él habría adivinado lo que estaba sintiendo y le dio vergüenza pensar que se podía tomar la pregunta como otra especie de insinuación, porque en lo que a él respectaba, ella parecía estar fuera de control.

–Así es –su tono volvió a ser cortante y poco comunicativo, como si la estuviese desafiando a criticar lo que hacía, la persona que era.

De hecho, el siguiente encuentro fue totalmente casual. Estaba pasando un par de días de visita con sus abuelos en casa de unos amigos y, en un paseo que hizo sola para explorar las calas escondidas que había en la costa, subió por unas rocas y descendió hasta una cala desierta alejada del pueblo. Desierta, excepto por Seth Mason.

Al otro extremo de la playa, con camiseta y unos vaqueros recortados, estaba agachado dándole la espalda, trasteando la vela izada de un pequeño velero.

La primera reacción de Grace fue la de girarse y volver rápida silenciosamente por donde había venido, pero resbaló, y el sonido de sus sandalias en la grava al intentar mantener el equilibrio acabó por descubrirla.

Él se giró y se puso en pie mientras ella se quedaba allí inmóvil, contemplando la musculatura de su torso bajo la tela tirante de la camiseta y la fuerza de sus brazos cubiertos de vello.

–¿Piensas acercarte? –le dijo, como si no le sorprendiese encontrarla allí, como si le hubiese estado esperando–. ¿O eres sólo una visón para atraer a los marineros incautos al fondo del mar?

Entonces ella se echó a reír, y se aproximó a él, sintiéndose más cómoda.

–¿Como Lorelei?

–Sí, como Lorelei –él la miraba acercarse con estudiada apreciación–. ¿Te han enviado para provocar mi perdición?

Ella volvió a reír, pero con mayor timidez en esta ocasión, porque la mirada de él se movía de forma desconcertante por la piel dorada de sus hombros, que asomaban por un top rojo sin tirantes, y bajaba hasta las piernas desnudas debido a lo que ella de pronto consideró unos pantalones blancos demasiado cortos.

–¿Por qué dices eso?

–¿No cantaba una canción tan dulce que podía hacer que los hombres perdieran el rumbo?

Ella se preguntó si le estaba aplicando aquella his-

Ella rodeó el velero hasta situarse del otro lado.
—¿Es tuyo?
Su rostro se llenó de satisfacción.
—No es gran cosa —deslizó cariñosamente la mano por el contorno de la embarcación, una mano larga y bronceada que hizo que Grace se preguntara cómo acariciaría el cuerpo de una mujer—. Pero siempre cumple sus promesas.
—¿Y qué promete? —inquirió ella, preguntándose al instante por qué lo había hecho.
Él paseó sus ojos grandes de largas pestañas por el cuerpo medio desnudo de ella, y una curva sensual asomó a su boca mientras susurraba en todo profundo y acariciante:
—Puro placer.
¡Y no se estaba refiriendo únicamente a la navegación en su barco! Había una tensión sexual entre ambos que estaba pidiendo a gritos ser liberada. No era una tensión reconocida, pero sí tan tangible como la grava bajo los pies de ella y el sol que recorría su rostro y sus hombros desnudos.
Para romper con el peligroso hechizo que amenazaba con llevarla a una situación que no sabía cómo manejar, buscó desesperadamente algo que decir. Recordó su alusión a la ninfa marina y, decidiendo que había muchas cosas que no sabía de él, se encontró balbuceando sin pensar:
—¿Dónde estudiaste a los escritores románticos?
—No los estudié —empezó a empujar la embarcación hacia la orilla—. No todo el mundo tiene la suerte de poder ir a la universidad —ella se preguntó si aquello no sería una indirecta a la posición y el dinero de su familia, pero lo dejó correr—. Tengo que mantener a mi madre, que es viuda —o más bien madrastra, que es lo que resultó ser finalmente— y a mis hermanastros —el barco ya estaba en el agua, liberado del soporte y balanceándose con las olas—. Aprendo algunas cosas.

Grace pensó que no se le escapaba nada, cuando Seth dijo, quitando hierro al asunto:

—Bien, está lista. ¿Te gusta el agua? ¿O será otra primera vez si te llevo a dar una vuelta por la bahía?

—¿Me estás pidiendo que vaya contigo? —su corazón empezó a latir aceleradamente.

—¿Es eso un sí?

Ella asintió emocionada porque Seth le había pedido que no dijese nada más. Pero en cuanto él saltó a la embarcación, ella se quitó las sandalias y empezó a parlotear.

—Tienes razón, es mi primera vez. Nunca me había subido a un velero —dijo atropelladamente, muy consciente de la mano cálida y callosa que él le había tendido y sin poder evitar esbozar una sonrisa provocativa al subir—. Mis padres tienen un yate.

De pronto se encontró con que tiraba de ella con tal fuerza para colocarla a su lado que el barco se balanceó peligrosamente y tuvo que agarrarse de su camiseta para mantener el equilibrio.

—¿Por qué será que no me sorprende? —dijo él con intención.

Atrapada por un instante entre sus brazos, consciente de las curvas de su pecho y los latidos de su corazón, creyó que iba a besarle al ver que inclinaba la cabeza. Pero, en lugar de eso, le dijo:

—Agarra el timón mientras izo la vela —y entonces se apartó de ella, dejándola inexplicablemente decepcionada.

Fue una tarde inolvidable. Navegaron hasta que el sol comenzó a descender sobre el mar mientras hablaban de todo y de nada a la vez. Ella supo un poco más de su vida: que él nunca había conocido a su padre, que su madre lo había dado en adopción cuando tenía tres años y que había pasado por varios orfanatos y casas de acogida. Seth le contó con un inusitado grado de orgullo que llevaba con la familia con la que vivía entonces desde que tenía quince años y que con el tiempo se habían convertido en responsabilidad suya, tal y como él lo había sido de ellos al principio.

Le recordó lo que ella le había preguntado sobre si tenía un rumbo, y le dijo que le interesaba la arquitectura y que tenía intención de construir una casa nueva para su madre adoptiva. Junto a un puerto deportivo, con vistas a los barcos.

—¡Todos tuyos, por supuesto! —le dijo ella echándose a reír.

Pero él no compartió su risa, perdido como estaba en su fantasía personal.

—¿Y qué me dices de ti? ¿Tienes sueños, Grace? —preguntó en un tono un tanto brusco, como si no le gustase demasiado que ella se riera de sus sueños—. ¿O tienes tantas cosas que ya no hay nada por lo que te merezca la pena luchar?

—No. ¡Por supuesto que no! —respondió indignada—. Me gustaría tener cierta estabilidad. Casarme.

—¿Eso es todo?

—No, también está la empresa. Mi destino es seguir un día los pasos de mi abuelo.

—Ah, claro, la empresa. ¿Así de planeado? ¿Sin desviaciones de ese rumbo marcado, sin sorpresas, sin sueños propios?

—Los sueños son para las personas que ansían cosas que están fuera de su alcance —dijo ella, con cierto resentimiento—. Vivimos en mundos diferentes. En el mío, el futuro viene marcado, y es así como me gusta que sea.

—Haz lo que quieras —dijo él con desdén, concentrándose en asegurar una amarra, y Grace se alegró de que dejaran el tema.

Poco después, mientras él se relajaba un momento al sol, ella sacó un pequeño cuaderno de dibujo de la bolsa de playa que traía y dibujó un cormorán posado en una roca que secaba sus alas desplegadas al calor del sol de la tarde.

—Eres buena. Muy buena —la elogió Seth por encima del hombro, a lo cual ella respondió tapando el dibujo, encantada con su cumplido.

–Tienes demasiado talento como para avergonzarte. Déjame verlo –insistió él. Pero al intentar agarrar el cuaderno, le rozó sin querer un pecho, prendiendo la chispa del barril de pólvora que estaba a punto de estallar.

–¿Te apetece un baño? –de pronto, su voz sonó llena de deseo, y con sus ojos grises le transmitió un mensaje tan sensual como los sentimientos que rugían en el interior de Grace.

–Yo... no he traído bañador –respondió ella, mientras la excitación se enroscaba en su estómago.

–Ni yo.

Ella apartó la mirada, nerviosa, mientras soltaba el cuaderno de dibujo.

–Muy bien. Pero date la vuelta.

Él se echó a reír, pero hizo lo que se le pedía mientras ella se quitaba los pantalones y se desprendía del top.

Sin mirarle, salió ágilmente del barco y se zambulló en el mar con un grito ahogado por la inesperada temperatura del agua.

Seth surcó el aire desde algún punto del velero, y ella oyó de pronto la zambullida de su cuerpo, que agitó la superficie del agua justo a sus espaldas.

Habían amarrado cerca de una pequeña cala en forma de media luna rodeada de acantilados que la hacían accesible únicamente por barco.

Grace fue la primera en salir del agua y se quedó en la arena mojada ataviada tan sólo con un tanga color carne. Se preguntó por qué se sentía tan libre, tan desinhibida. Lo que no había calculado era el impacto que iba a provocarle la masculinidad de Seth al verlo emerger del agua con el pelo pegado a la cabeza, gotas de agua deslizándose por su pecho cubierto de vello y sus fuertes brazos. Era como un dios del mar, bronceado de pies a cabeza y a todas luces poderoso en su esplendorosa desnudez.

Ninguno de los hombres que Grace conocía se habría atrevido a pasear desnudo de aquella forma, así que todo lo que ella pudo hacer fue quedarse inmóvil y disfrutar con la mirada del festín de la perfección de su cuerpo.

Grace debía haber cruzado los brazos para cubrir su desnudez o girarse, pero ni siquiera se le pasó por la cabeza: de todas formas, ni aun queriendo podría haber apartado la vista de Seth.

En lugar de eso, alzó los brazos, los deslizó bajo la manta húmeda de sus cabellos para levantarlos y dejó caer hacia atrás la cabeza, deleitándose con orgullo en el esplendor de su feminidad. Ella sabía cómo la vería él allí tumbada, ya que su cuerpo era totalmente lo contrario del de Seth. Tenía las piernas largas y doradas, el vientre plano entre la curvatura de sus caderas y los pechos altos y generosos, con los pezones marcados y tensos de la excitación por todo aquello a lo que estaba incitando.

Él se le acercó y ella alzó la cabeza, mirándolo con sus ojos azules y las pestañas húmedas, llena de deseo, un deseo como nunca había sentido antes. Él no pronunció ni una palabra y Grace emitió un grito ahogado ante la húmeda calidez del brazo que de pronto la rodeó, atrayéndola hacia él. La sensación del vello mojado de su pecho sobre sus pezones hinchados fue una delicia. Él sufría una erección y ella sintió la fuerza de su hombría sobre el abdomen.

Exhalaba un cálido aliento sobre su rostro, y con la otra mano le sujetó la cara primero con ternura, y luego con exigencia al situarse en su nuca, alzándole la boca para que aceptara la invasión ardiente de la de él.

La acariciaba de forma posesiva y con tal maestría que ella enloqueció en sus brazos. Un ascenso de placer incontrolable se apoderó de ella cuando él se deslizó por su cuerpo para introducir en su boca primero uno de sus pechos palpitantes y luego el otro.

No hicieron falta palabras. Ella no le conocía apenas, pero no necesitaba saber nada más de él. Desde el momento en que sus miradas se encontraron en el varadero, ella supo de forma instintiva que estaba destinado a ser el amo de su cuerpo.

Y cuando él le quitó el tanga mojado, la tumbó en la arena y se colocó sobre su cuerpo, supo que cada mirada, cada palabra y cada frase medida que habían intercambiado desde que se conocieron no habían sido más que un preludio a aquel momento, el momento en que él se abrió camino a través de la última frontera y el tabú que los separaba para reclamar el regalo de una virginidad cuya pérdida fue inusitadamente indolora para ella.

Mientras entraba en la cocina para prepararse un tentempié, Grace pensó que todo aquello había sido culpa suya y se reprochó, como había hecho muchas veces a lo largo de los años, el haberle provocado.

Su bajo vientre se tensó casi de forma dolorosa al recordar la ternura con que Seth la había tratado entonces, siendo tan joven, lo que le llevó a preguntarse cómo sería ahora de experimentado. Y entonces se dio cuenta de lo que estaba haciendo.

¿Acaso le importaba? Seguramente estaba casado. E incluso así, ¿qué tenía ya que ver con ella después de tantos años?

Lo que había sentido por Seth Mason había sido una locura, algo totalmente irracional, el enamoramiento de una adolescente por alguien que sencillamente le excitaba porque sabía que su familia no lo aprobaría. Una fruta prohibida, ¿no era así como lo llamaban?

Sin embargo, a pesar de todo, ella quedó con él la tarde siguiente en la playa donde tenía el barco, ya que para entonces sus abuelos habrían regresado y había prohibido estrictamente a Seth que fuese a recogerla a su casa.

Pero había olvidado la cena que debía atender con sus abuelos esa misma noche, cena que no pudo eludir, y no tenía forma de contactar con Seth sin que nadie se enterase. Olvidó pedirle su número de móvil y no fue capaz de llamar al varadero porque sabía que su dueño, el jefe de Seth, era un viejo amigo de su abuelo. Así que faltó a la cita sin decir una sola palabra, sin un mensaje de lamentación, sin una disculpa. Al día siguiente volvió a verlo en el pueblo cuando bajó con su abuelo y con Fiona, la hija de un vecino.

Tras dejar a su abuelo atrás mientras compraba la prensa, Grace caminaba por la calle principal con Fiona cuando de pronto vio a Seth salir de una tienda.

Seth también la vio, y empezó a recorrer los pocos metros que los separaban, pero luego se detuvo y esperó a que ella tomase la iniciativa. Grace leyó la pregunta que le ardía en los ojos: «¿Dónde estabas anoche?». Cualquiera con un mínimo de vista se habría percatado de su deseo por ella, deseo que no se esforzaba en ocultar.

Dentro de ella ardió una llama al recordar la pasión que habían compartido, las manos de él en su cuerpo y el poderoso empuje de su virilidad mientras la conducía a un orgasmo alucinante. Pero al mismo tiempo sintió pánico, vergüenza y miedo de que alguien descubriese que había estado con él y se lo contara a su abuelo. Fiona Petherington era una cotilla terrible, aparte de la mayor de las esnobs.

—¡Fíjate en cómo te mira ese chico! —le indicó mordazmente—. ¿Quién es? ¿Le conoces?

—Oh, él —recordó Grace haberle respondido, de la forma más fría que pudo—. Un barquero que me ha estado pretendiendo. Bastante atractivo, si no tienes inconveniente en visitar los barrios bajos.

Entonces lo dejó con el saludo en la boca y pasó de largo. Y mientras pasaba vio en su mirada que había escuchado todo lo que había dicho.

El recuerdo de su comportamiento de aquel día todavía le avergonzaba. Pero había pagado por ello al cabo de tan sólo diez minutos. Tras dejar a su acompañante hablando con otros vecinos con quienes se habían tropezado en la puerta de la farmacia, ella cruzó la acera para dirigirse al banco. No sabía si Seth la había seguido o no, pero al salir del edificio él subía la escalera a grandes zancadas.

Todavía podía sentir el enojo con que sus dedos le

rodearon la muñeca al llegar a su altura. Aún veía la repulsa en aquellos ojos airados.

–¿Estabas visitando los barrios bajos? ¿Es lo que pensabas que hacías conmigo sobre la arena? –su tono era exigente, pero lo suficientemente bajo como para que nadie pudiese escuchar lo que decía.

–Te crees importante y poderosa, ¿verdad? –le espetó él mientras ella intentaba liberarse sin responderle al ver que Lance Culverwell subía las escaleras a su encuentro–. Muy bien, adelante, disfruta de tus cinco minutos de diversión. ¡Pero que sepas que todo lo que hicimos en aquella playa sucedió única y exclusivamente porque sabía que podía permitírmelo!

Aquellas palabras todavía le hacían daño, aunque entonces supiese que las merecía. Hacer el amor con él había sido tan increíble para ella que, estúpidamente, incluso después de la forma vergonzosa en que lo había tratado, quería creer que para él también había sido increíble.

Pero Lance Culverwell sospechó lo que había pasado. La interrogó sin descanso y riñó con ella de camino a casa. A la mañana siguiente, la enviaron de vuelta a Londres con su abuela y nunca volvió a ver a Seth. Hasta esa noche.

Empujando el plato de galletas saladas y queso que de pronto dejó de apetecerle, intentó decirse que no pensara en Seth Mason, que se olvidase de él. No lo había visto en ocho años, hasta la inauguración, y no existían razones para que se volvieran a encontrar.

Sí, se portó de forma abominable, pero eso fue antes de aprender que el placer, por muy breve que sea, se acaba pagando. Porque seis semanas después de aquella pasión desinhibida en la playa descubrió que estaba embarazada. Iba a tener un hijo de Seth. Seth Mason, que según su opinión y la de su familia, no era lo suficientemente bueno ni siquiera para ser visto en su compañía, iba a ser el padre de su hijo.

Capítulo 3

¿QUÉ TIENE que decirnos de la compra repentina de las acciones de Culverwell, señorita Tyler? –alguien le puso un micrófono delante y las cámaras dispararon sus flashes en un intento por inmortalizar a estilizada rubia que se dirigía hacia la puerta giratoria.

–Sin comentarios –acababa de llegar de Nueva York y no podía hablar con la prensa, no mientras estuviese cansada, con jet lag y preguntándose qué había pasado en su ausencia. Decidió que haría unas declaraciones luego, después de hablar con Corinne. Pero la viuda de su abuelo no había contestado a sus llamadas, ni a casa ni al móvil. Grace sabía que, si en Culverwell había pasado algo, era porque Corinne estaba detrás.

–¿Seguro que no quiere hacer ninguna declaración? ¿Habrá cambios en la dirección... despidos...?

–He dicho que sin comentarios.

–¿Pero no pensará que...?

La insistencia de aquellas preguntas quedó felizmente interrumpida por la puerta giratoria. Grace se encontraba dentro de un moderno edificio climatizado: la sede principal de la empresa que aún llevaba el nombre de su abuelo aún siendo propiedad de varios accionistas.

Lance Culverwell la contemplaba desde el enorme retrato que había en la zona de recepción y, tomándose un momento para tranquilizarse, Grace le devolvió la mirada con los ojos plagados de lágrimas de rabia y frustración.

«¡Oh, abuelo! ¿Qué has hecho?»

A todos les había afectado mucho su fallecimiento el año anterior, tras el cual se supo que dejaba todas sus posesiones, incluidas sus acciones de la empresa, a la que llevaba siendo su esposa desde hacía dos años. Y no es que Grace envidiase a Corinne: al fin y al cabo, ella había sido la esposa de Lance Culverwell. Pero su abuelo se había enamorado de tal modo de aquella exmodelo que seguramente jamás se le pasó por la cabeza lo que estaba sucediendo en aquel momento.

«Un ataque repentino», había llamado el periodista a la adquisición de las acciones por parte de una empresa tiburón, y en la mente de Grace había aparecido una escena de enmascarados a caballo y armados con rifles que intentaban saquear la empresa.

–¡Grace! Te he llamado mil veces... –la figura corpulenta de Casey Strong, el director de marketing, avanzó hacia ella antes de que pudiese salir del ascensor. Casey era un hombre de pelo gris que estaba a punto de jubilarse. Venía sofocado y sin resuello–. Tenías el teléfono apagado.

–¡Estaba en el avión! –venía directamente del aeropuerto después de pasar la mayor parte de su estancia en Nueva York intentando convencer a uno de los mejores clientes de Culverwell para que no dejara de confiar en ellos. Era un trabajo de relaciones públicas que aún no había producido los resultados que ella esperaba, dado que la dirección de la empresa se estaba tomando su tiempo para adoptar planes de futuro.

–¡Grace! ¡Por fin has llegado! –era Simone Phillips, su asistente personal, que conocía tan bien como los demás los problemas a los que se enfrentaba Culverwell. Aquella señora de mediana edad era la que había conseguido contactar con ella para informarle de la adquisición.

–Es Corinne. ¡Ha vendido su parte! –dijo, confirmando las peores sospechas de Grace–. Y Paul Harringdale, tu ex, también –a Paul se le había concedido una participación importante en la compañía con el fin de que Grace y él igualaran a Corinne en cuanto a número de acciones. Seguramente, Lance Culverwell pensó que la empresa quedaría así en manos seguras y su nieta con el porvenir asegurado, pero lo que no imaginó fue que ésta rompería su compromiso.

—Tenemos un nuevo presidente y ya ha hablado de una remodelación en la dirección para que él pueda escoger su propio equipo y tenerlo listo para... ¡ayer! —le dijo a Grace en tono dramático—. Lo único bueno es que es muy guapo y está soltero, pero eso también significa que seguramente es un tipo implacable que acabará por despedirnos a todos a las primeras de cambio.

—¡Por encima de mi cadáver! —dijo Grace levantando la voz mientras empujaba la puerta de la sala de juntas. Allí se encontró con un montón de caras nuevas que se habían girado en su dirección.

—Si ése es tu deseo... —desde el final de la mesa le llegó una voz profunda que le resultó tremendamente familiar—. Pero mi método consiste en hacer este tipo de cosas sin mancharme las manos de sangre.

Cuando aquel hombre alto, ataviado con un traje oscuro y una camisa inmaculada, se levantó, Grace se quedó con la boca abierta.

¡Seth Mason!

—Hola otra vez, Grace —su tono reposado sólo ayudó a acrecentar el torbellino de confusión en que se encontraba la mente de Grace.

Era Seth Mason. ¿Cómo era posible? ¿Cómo podía haber pasado de ser un mecánico de barcos, o lo que quiera que fuese, a convertirse en un magnate internacional? Porque cuando Simone habló con ella por teléfono antes de subir al avión llamó así al hombre que había adquirido las acciones de la empresa. Y no había duda de que Seth era el nuevo presidente.

—¿Puedo hablar contigo? —Grace no podía creerse lo chillona que le había sonado la voz.

—Adelante.

«En privado», pidió ella con la mirada.

El nuevo presidente se dirigió a los demás miembros del equipo.

—¿Nos disculpan? —el tono dominante en la voz de Seth Mason no dio lugar a equívoco. Las patas de las sillas chirriaron sobre el suelo cuando todos obedecieron la orden.

—¿Querías decirme algo? —le instó él cuando la puerta se hubo cerrado tras el último hombre para dejarla sola con Seth en el lugar donde se adoptaban las decisiones importantes.

Sí, tenía mucho que decirle. Pero no esperaba que su atractivo sexual la perturbara de tal modo una vez no hubo nadie alrededor. Ante sus ojos aparecieron imágenes de hacía ocho años: el roce del cuero caliente que cubría su espalda cuando la llevaba en la motocicleta, la calidez de su aliento sobre el cuello mientras con mano firme le agarraba el pecho, sensible a sus caricias...

—¿Por qué no me lo dijiste? —le retó ella enfadada, soltando la chaqueta y la bolsa sobre la mesa e intentando que su masculinidad no le afectase—. ¡Debías saberlo hace dos semanas, la noche en que apareciste en la galería! ¿Por qué dijiste nada entonces?

—¿Y estropear la sorpresa?

Claro. Ésa era la cuestión en operaciones como aquélla, para que la compañía que se iba adquirir no tuviese tiempo de organizar una defensa.

—Me hiciste creer... —que todavía trabajaba en aquel varadero. Que era... No podía pensar con la claridad suficiente como para recordar exactamente sus palabras—. Dejaste que creyera...

—Yo no hice tal cosa —negó él con frialdad—. Sacaste tus propias conclusiones con esa cabecita perspicaz que tienes —rodeó la mesa con una sonrisa forzada—. ¿Cómo es ese dicho...? ¿«Déjalos hacer lo que quieran y se cavarán su propia fosa»?

Grace se atusó el pelo con las manos. Debía de estar hecho un desastre. Ella estaba hecha un desastre, parada allí como una golfilla en su propia sala de juntas. El aseo rápido al que se había sometido en el estrecho baño del avión no servía de nada frente a la impecable imagen que él presentaba.

—Parece que has hecho grandes progresos, ¿no?

—No los suficientes. Ni mucho menos –exudaba hostilidad por todos los poros.

—¿Qué quieres decir?

—Quiero decir que llevo mucho tiempo esperando este momento y pretendo saborear cada minuto de satisfacción.

Ella se humedeció los labios inconscientemente.

—¿Por eso te has hecho con la empresa? ¿Por venganza?

—Yo diría más bien que he sabido aprovechar una oportunidad.

—¿Cómo? ¿Comprando con afán de venganza acciones suficientes como para robarme la empresa de mi abuelo delante de las narices?

—¿Con afán de venganza? Puede ser. Pero no la he robado, Grace, sino comprado. Y de forma bastante legal. Y no precisamente delante de tus narices. Creo que te has estado divirtiendo en Nueva York toda la semana, así que puedes esperar que un hombre de mi posición rescate el botín cuando te marchas a comprar ropa de diseño, o lo que quiera que una mujer como tú vaya a hacer en la Gran Manzana cuando su barco se está hundiendo.

—No he abandonado mi barco. Y Culverwell no se está hundiendo –«¡ojalá no fuera así!», pensó con desesperación. «¡Y no estaba de compras!», quiso responderle. Pero decidió que no merecía la pena ni el tiempo ni el esfuerzo, como tampoco hubiese merecido la pena decirle que, de haber tenido algo de tiempo libre en Nueva York, hubiera sido el primer descanso que se habría tomado en los últimos ocho meses–. Muy bien. Estamos atravesando un bache. Pero habríamos acabado por superarlo. Estamos sobreviviendo.

–Es una pena que tus accionistas no piensen igual. Está claro que tu actitud de esconder la cabeza es lo que ha llevado a Culverwell a esta situación. ¿O es que has estado tan ocupada con tus amigos ricos y tu lujosa galería que no quisiste reconocer el desastre cuando éste era inminente?

Sobre la mesa había un vaso de agua y ella no se dio cuenta de que lo estaba agarrando. Tuvo que reprimirse las ganas de levantarlo y vaciar su contenido sobre aquel rostro petulante e increíblemente atractivo.

–Ni se te ocurra –le advirtió él con suavidad.

–Nunca escondí la cabeza. ¡Ninguno de nosotros lo ha hecho! Las ventas han caído por la recesión. Lo que pasa es que sigues sin soportar que yo naciese para todo esto mientras tú... tú...

–¿Qué? ¿Que no era lo suficientemente bueno como para llegar a ponerme a tu altura?

–Yo no he dicho eso.

–No hace falta que lo hagas.

¡No, había dejado clara su opinión sobre él con aquellos comentarios desdeñosos que no pretendía que oyera antes de limitarse a ignorarle en la calle!

En ese momento, Grace no podía permitirse pensar en aquello. De hecho, sólo podía evitar el sentimiento de vergüenza contraatacando.

–¿Entonces, piensas que mi equipo y yo vamos a quedarnos de brazos cruzados mientras te sientas en esa mesa a mangonear y a tratarnos con prepotencia?

–La verdad es que no me importa lo que hagas, Grace –le aseguró él–. Y quizá deba recordarte que hubo un tiempo, por muy breve que éste fuera, en que mis órdenes no eran algo que te disgustase.

Una oleada de calor recorrió las venas de Grace, ruborizándola. De forma espontánea, esas imágenes volvieron a aparecer y ella lo vio como había estado en la playa, con los dedos manchados de grasa por su trabajo en el velero. Percibió el aroma de la brisa del mar y sintió la caricia cálida del sol sobre su piel y la excitación que le provocó aquel cuerpo que hundía el suyo sobre la arena.

—Aquello fue un error —dijo ella con voz entrecortada.

—Tienes toda la razón. Por ambas partes. Pero dicen que de los errores se aprende.

—¿A qué te refieres? —él se encontraba tan cerca de ella que Grace apenas podía respirar.

—A que me enseñaste muchas cosas, Grace. Debería quedarte eternamente agradecido.

—¿Por qué?

—Por enseñarme a tratar a las mujeres como tú.

—No me intimidas, Seth, si es eso lo que pretendes. Y, para acallar ese ego machista, te diré que ya lo hiciste bastante bien hace ocho años.

Seth se sintió incómodo por un momento al ver que le recordaban haber dicho algo que, incluso entonces, no era digno de su código ético habitual. Ni siquiera podía recordar las palabras exactas que había utilizado, sólo que habían sido una venganza por la forma en que ella lo había tratado.

—Sí, bueno... —estaba recuperando la compostura, la posición dominante, que era lo que pensaba que debía hacer ante aquella damita calculadora—. A ningún hombre le gusta que lo desprecie alguien que tan sólo cuarenta y ocho horas antes sollozaba de placer mientras lo tenía en su interior.

Un estremecimiento recorrió el bajo vientre de Grace. ¿De verdad seguía sintiéndose atraída por un hombre que de golpe se había apoderado de todo aquello por lo que su abuelo había estado trabajando con el único motivo de vengarse?

—La cosa va a ir así —su brusco regreso a los negocios la desconcertaron por completo–. No habrá despidos innecesarios, a menos que encuentre departamentos con demasiado personal o cualquier cosa que pueda resultar perjudicial a largo plazo para la empresa y los demás empleados. Serás mi asistente, porque no puedo negar que tu experiencia en el campo de la industria textil es algo inestimable. Si cooperas y aceptas que yo lleve la empresa, no tendrás que preocuparte por tu puesto de trabajo. En caso contrario...

–Me despedirás, ¿no es así?

Él no afirmó ni negó lo que ella le había dicho. Pero su mirada se volvió de acero y unas marcadas arrugas surgieron alrededor de su boca.

–¿Igual que me despidieron a mí por mediación de tu abuelo?

Grace frunció el ceño.

–¿De qué estás hablando? No trabajabas para mi abuelo.

–Directamente no, pero él tenía participaciones en aquel varadero, y suficiente influencia sobre su propietario como para asegurarse de que me despidiesen rápidamente por atreverme siguiera a respirar ante su preciosa nieta, y no digamos por posar mis manos ásperas y groseras en su supuestamente casto cuerpo.

Que insinuara con desdén el tipo de chica que él pensaba que era le dolió más de lo que ella estaba dispuesta a admitir. Él no sabía que ella era virgen. Había sido todo tan fácil, que no podía saberlo.

–Yo... no lo sabía –negaba horrorizada con la cabeza que Lance Culverwell hubiese caído tan bajo como para hacer aquello de lo que Seth lo estaba acusando, y por su causa, además–. De verdad, no lo sabía –pero explicaba por qué Seth había pretendido durante todos aquellos años vengarse incluso de su familia.

–¿Es arrepentimiento lo que veo en tus ojos, Grace? ¡Seguro que no! No te pega en absoluto.

–¿Por qué? ¿Crees que no tengo sentimientos? –sorprendentemente, la idea de que él pudiese siquiera pensar que se sentía herida... Pero se convenció a sí misma que lo que le dolía era su orgullo, nada más. Ignorando la excitación que le provocaba mirarle, dijo de manera mordaz–: De todas formas, no parece haberte afectado en lo más mínimo.

–No tanto como a mi madre, que por entonces ya le costaba llegar a fin de mes. Pero qué más da, ¿qué es el trabajo de una persona cuando uno vive en una casa bonita y confortable con más comida de la que podría comer y criados que te atienden con sólo chasquear los dedos? –su hostilidad y resentimiento ardían en su interior como una llama eterna–. ¿Y te quejas porque creo que no eres capaz de albergar sentimientos? Estoy seguro que tú y la gente de tu condición no tenéis ningún reparo en aplastar a los demás con tal de obtener lo que deseáis, sobre si se trata de personas en peor situación económica que vosotros.

Ella se estremeció ante su continua necesidad de atacarla verbalmente.

–No sabes cómo soy, Seth Mason. No tienes ni idea del tipo de mujer que soy.

–¿Seguro? Entonces con más razón debo mantenerte en la empresa para descubrir por mí mismo a esta nueva Grace Tyler, y creo que va a ser una experiencia de lo más esclarecedora.

–¡Vete al diablo!

–Por mucho que lo desees, Grace, me temo que esta vez eso no va a ocurrir. Ahora soy yo el que manda. Tómalo o déjalo, pero no creo que te vayas con el rabo entre las piernas como un perrito obediente porque eres demasiado orgullosa y tienes mucho que perder. No. Aceptarás y acabarás tumbada y sin protestar antes de que acabe contigo.

La indirecta era obvia. Pero ella se dio cuenta de que él la tenía justo donde deseaba tenerla, porque sabía que iba a aguantar mecha. Era el único modo de conservar su voz y voto, o aferrarse siquiera a parte de lo que su abuelo había construido a base de mucho trabajo. Se desesperaba al pensar que la mujer a quien éste tanto había amado la había dejado a merced de un hombre como Seth Mason. No obstante, el orgullo que él acababa de mencionar la hacía reaccionar de forma temeraria.

–¿Eso crees?
–No se te ocurra desafiarme, Grace. Aunque es justo que te diga que me encantan los retos.
–Muy generoso por tu parte –replicó ella, a sabiendas de que jugaba con fuego pero sin querer dejarle la última palabra–. Bien, ¡pues permíteme decirte que no he trabajado como una mula para llegar a donde estoy en esta empresa para que me pisotee un peón de varadero arrogante, autoritario y con ínfulas proveniente del quinto pino! Trabajaré contigo por el bien de la compañía, pero dejemos una cosa clara: puede que hayas conseguido salir del escalón siguiente al de los bajos fondos... –con gesto airado, agarró la chaqueta y la bolsa– ¡pero nunca, jamás, conseguirás que vuelva a acostarme contigo!

Las paredes temblaron del portazo que dio al salir de la sala de juntas.

–¡Vaya! ¿Qué, ya? ¡Pues sí que trabaja rápido! –el comentario mordaz de Simone, que en ese momento se acercaba por el pasillo, se perdió en el silencio.
–No tiene gracia, Simone.
–No, no podría decir que lo que emanaba de la sala de juntas fuese precisamente algo divertido. ¿Te importa decirme de qué lo conoces?
–No.
La asistente personal hizo un gesto de complicidad.
–El memorable, ¿no es así?
–Lo siento, Simone –se disculpó Grace, que no ha-

bía pretendido ser tan ruda con su asistente–. Supongo que sufro un caso crónico de jet lag –sacudió la cabeza intentando despejarse–, entre otras muchas cosas –exhaló, apuntando con la mirada la habitación que acaba de abandonar de modo tan dramático. No podía creer que aquello no fuese una especie de pesadilla absurda de la que iba a despertar en un momento. Una angustia interior arrugó su frente cuando añadió–: Eso fue hace mucho tiempo.

–No tanto como para sacar de ti un aspecto de tu carácter que nunca antes había visto, o escuchado. ¿Estás bien? ¿Quieres que te traiga algo?

–Sí. Acciones suficientes de Culverwell como para convertirme en socia mayoritaria –«y no perder así todo lo que mi abuelo y yo apreciábamos a manos de un hombre sediento de venganza».

–Me temo que todo lo que podemos hacer es cooperar con él y la nueva dirección, y rezar para que sigamos conservando nuestros puestos dentro de una semana.

–¿Cómo podría cooperar...? –la puerta de la sala de juntas se abrió de pronto, dejando a Grace en mitad de la frase.

Seth Mason salió, y parecía más dinámico y autoritario en los estrechos confines del corredor, si es que eso era posible.

–Simone, me gustaría que trajeras tu bloc. Pero antes, ¿podrías hablar con quien quiera que tengas que hablar para que todas las puertas principales cuenten con dispositivos cierrapuertas?

–Por supuesto, señor Mason –respondió Simone con lo que a Grace le pareció una molesta deferencia al nuevo presidente, antes de descubrir la mirada encubierta que le dedicó la asistente. Transmitía el mensaje que obviamente desprendían las instrucciones de Seth: «¡No está dispuesto a permitir que nadie dé un portazo en sus narices!».

–Entiendo –dijo ella, girándose hacia él mientras la

otra mujer se dirigía al ascensor–. Así que ahora ella es tu asistente personal, ¿no es así?

–No –la sorprendió él–. Pero pensé que no te importaría que la utilizase hasta que llegue la mía.

–Entonces, me importa. Y nadie utiliza a nadie en esta empresa. Creo que debo advertirte porque, en caso contrario, puede que tengas que enfrentarte a un motín.

–Gracias por la advertencia –sonrió él con indolencia, haciendo reaccionar el cuerpo de Grace de tal forma que ésta tuvo que reprenderse por su estupidez–. Era sólo una forma de hablar. ¿Por qué no te vas a casa, Grace? –su tono se tornó extrañamente suave, peligrosamente cariñoso y sensual. Ella sintió que de alguna forma él estaba jugando con ella–. ¿Qué tal si te acuestas un par de horas? ¿O te aseas un poco? –paseó la mirada con desconcertante meticulosidad por su cabello despeinado–. Tenemos mucho que hacer y estoy seguro en que coincidirás en que uno no puede dar lo mejor de sí si no puede funcionar a pleno rendimiento.

Se preguntó a qué se debía aquella preocupación en sus ojos y luego rechazó la idea, pensando que seguramente sería lástima. Del tipo de la que alguien sentiría por un animal que acaba de atrapar mientras piensa en la forma más piadosa de matarlo.

–¡Quizá prefieras que no vuelva hoy! –su espíritu batallador salió en su defensa, desafiándolo.

–Al contrario –dijo él, y esta vez esbozó una sonrisa que no asomó a sus ojos, sino que le demostró lo tranquilo que estaba comparado con ella–. Como ya te he explicado, pretendo disfrutar de cada minuto de trabajo contigo.

«No pienses que será un lecho de rosas!». A Grace le costó toda su fuerza de voluntad tragarse las palabras.

–Tienes razón –aceptó ella, y decidió ignorar esa última observación que hizo que la sangre le bombeara con fuerza por sus implicaciones apenas disimuladas.

La cabeza también le estaba martilleando y se moría por una ducha–. Creo que iré a refrescarme.

Pero no llamó a un taxi para que la llevase a casa.

«Ni hablar», decidió, «no pienso seguir los consejos de este constructor de barcos, o lo que quiera que sea, engreído, autosuficiente y musculoso de más, y abandonar a la plantilla justo cuando necesita a alguien que les asegurase que su trabajo y su lealtad no van a caer en saco roto».

Así que, esquivándolo, subió en el ascensor camino de su despacho. Esta vez, cuando llamó a casa de los Culverwell, Corinne respondió al teléfono.

–¿Cómo has podido? –le espetó Grace cuando la voz afectada de la viuda de su abuelo intentó aplacarla con una explicación falsa y sin sentido–. ¿Cómo has podido? ¡Y sin decirme una palabra!

–Porque sabía que reaccionarías así –Corinne parecía enfadada–. Sé sensata, Grace. Quería vender mis acciones, como Paul, y no podías permitirte comprarlas.

–¿Paul? –el hecho de que su ex pudiera ser su cómplice para tratar de sacarla de la dirección de la empresa familiar le hizo preguntarse si había algo entre él y Corinne–. ¿Habéis tramado esto juntos?

–No. No he visto a Paul Harringdale desde que rompiste con él. No es mi tipo.

«No. ¡Tu tipo son los hombres de edad locamente enamorados y dispuestos a darte cualquier cosa con tal de oírte halagar sus decrecientes egos!».

–Cuando te calmes un poco, Grace, te darás cuenta de que he hecho un favor a los Culverwell. La empresa necesita un hombre como Seth Mason. Cuando vino a ver si quería vender, ¿qué podía hacer? Puede ser bastante persuasivo. No sé de qué te quejas. No creo que sea un castigo tan grande recibir órdenes de un hombre como ése.

Grace reprimió el deseo de decirle a la viuda de su abuelo que podía recibir órdenes de él si le apetecía, porque ella no pensaba hacerlo. Pero en ese caso tendría que presentar su dimisión y se había prometido no hacerlo.

–Adiós, Corinne.

Colgó el teléfono, entró en el baño contiguo y, tras despojarse de la ropa, se situó bajo el refrescante chorro de la ducha y deseó poder cortar sus pensamientos con la misma facilidad con que había cortado la conversación con la viuda de su abuelo.

Pero los recuerdos no la abandonaban, y sin quererlo se encontró pensando en el caos emocional en que se había visto inmersa hacía ocho años: la impresión que se llevó al saber que estaba embarazada. La vergüenza y el arrepentimiento por la forma en que se había comportado. La increíble angustia que siguió a un aborto a los cuatro meses y medio de embarazo.

Fue entonces cuando se dio cuenta de que la vida no era una fiesta, que había deudas que pagar y normas que respetar, y que había cosas mucho más valiosas que el estatus o el dinero.

Pero no quería pensar en todo aquello. Su reencuentro con Seth era la causa de que el pasado hubiese abierto sus compuertas, haciéndole pensar en cosas que deseaba y necesitaba olvidar: arrepentimiento. Soledad. Culpabilidad. El dolor de la pérdida. Se dijo que no debía pensarlo y que no lo haría. Ya tenía suficientes preocupaciones en la empresa y además del golpe de su adquisición por parte de Seth Mason.

Tras secarse con una toalla, se dirigió al vestidor que había junto a su despacho y corrió las puertas de espejo para buscar ropa interior limpia. Siempre tenía allí una muda por si surgía una reunión o una cena inesperada y no podía ir a casa a cambiarse.

Sacó de sus perchas una blusa plateada y un traje de chaqueta oscuro, se puso ropa interior limpia y una falda corta.

No podía, no debía dejar que él le afectase. No podía

evitar preguntarse qué diría si descubriese que su relación de entonces había tenido consecuencias. ¿Pensaría que ella había recibido su merecido por la forma tan atroz en que se había comportado?

Se estremeció al pensar en cómo se regodearía. Se alegraba de que no lo supiese y de que nunca se fuese a enterar de todo por lo que había pasado. Y entonces alzó la vista y quedó asombrada al ver que él entraba en su despacho.

−¿Es que no llamas nunca a la puerta? −le retó ella, aturullada e intentando abrocharse la blusa, que todavía abierta mostraba sus pechos cubiertos de encaje negro.

−La puerta estaba abierta −parecía tan impresionado y sorprendido como ella y recorría con los ojos su desnudez con un interés masculino apenas disimulado−. Además, pensaba que te habías ido a tu casa.

−¿Porque me lo habías ordenado?

−Aconsejado −corrigió él−, no ordenado.

−¿Y abandonar a mis clientes y a todas las personas que dependían de mi abuelo y que ahora están en manos de... de...?

−¿El enemigo? −dijo él, en tono burlón al ver que ella no encontraba una palabra lo suficientemente fuerte para describirlo.

Ella prefirió ignorar la observación y su sonrisa irónica, aliviada al haber podido por fin cerrar el primer botón de la blusa.

−¿Qué querías? −preguntó ella.

−El balance de los últimos cinco años. Ya que estás aquí, quizá podrías buscármelo tú.

−Quizá podrías buscarlos tú mismo, ya que está claro que te has concedido licencia para todo lo demás en este edificio.

−Para todo no, Grace −el modo en que la recorrió con la mirada no necesitaba interpretación−. Todavía no.

Ella se quedó mirándolo con rabia y frustración por su

atrevimiento. ¿Cómo podía siquiera pensar que podía decirle esas cosas, y no digamos imaginar que de buen grado se acostaría con él? Aunque estaba segura de que la mayoría de las mujeres lo harían. Pero, mientras luchaba por encontrar la respuesta cortante adecuada, él dijo:

–¿Vas a poner impedimentos en todo momento?
–Si es necesario.
–Eso no es muy sensato.
–Bueno, no. Ambos sabemos que sufro carencias en ese terreno, ¿no? O más bien, que las sufría –añadió ella, lanzándole una clara indirecta. Si algo había aprendido de aquel encuentro con él era, al menos, un poco de la sabiduría que otorga la experiencia.

–¿De veras? Siempre pensé que era yo el que carecía de criterio en ese aspecto.

Su tono, su opinión sobre la criatura caprichosa que había sido, todavía conseguía afectarle. Pero si pensaba que hacer el amor con ella había sido un error de criterio, significaba que para él había sido algo más que un triunfo personal, al contrario de lo que le dijo en la puerta del banco. Grace no quería pensar que había sido únicamente su actitud, y posteriormente el hecho de que su abuelo hiciese que Seth perdiera su trabajo, lo que alimentaba su empeño en vengarse de los Culverwell.

–Sólo pensaba que debía advertirte, Grace, que si sigues oponiéndote a mí perderás esta batalla. Puedo cambiar por completo el destino de esta empresa o desmontarla pieza a pieza y vender las partes más rentables, lo que sería una gran pérdida para ti y para todas esas personas que dices que dependen de ti. Tú eliges.

No tenía sentido discutir con él. Era lo suficientemente rico y poderoso como para hacer lo que decía, así que abrió el cajón y le entregó el informe que le había pedido.

–Aquí tienes –ignoró la mano que esperaba que se lo entregase y lo arrojó sobre la mesa–. ¿Necesita alguna otra cosa, señor?

–Que controles tu temperamento –dijo él–. Aunque no me desagradan del todo las mujeres fogosas, prefiero que guarden las pérdidas de control para la cama.

–Es justo el tipo de comentario machista que podría esperar de ti –lanzó Grace a su espalda, porque él ya se marchaba.

Al llegar a la puerta se giró.

–He convocado una reunión de urgencia a las dos en punto con todos los principales accionistas. Si de verdad te importa tanto esta empresa como dice, acudirás.

Cuando se hubo ido, dejándola indignada y frustrada, un nudo de tensión recorrió de arriba abajo su cuerpo al recordar su comentario sobre la cama.

Seth se dejó caer sobre el muro de espejo y cerró los ojos mientras las puertas del ascensor se cerraban tras él.

Le había parecido que Grace estaba muy triste, casi deprimida, cuando la sorprendió al entrar en el despacho. Se preguntó si había algo más detrás de aquel rostro y aquel cuerpo aparte del miedo a perder el estilo de vida al que estaba acostumbrada si él se proponía deshacerse de ella. Puede que hubiese dejado de ser la arpía rica y consentida con la que había tenido la mala suerte de enredarse, la mujer de la que tan a menudo había leído con interés en la prensa del corazón. Realmente parecía impresionada cuando le contó que Lance Culverwell había sido el responsable de que lo despidieran.

«Pero no te dejes engañar», se advirtió. «Se desayunaría a un hombre y luego lo escupiría sin inmutarse».

No podía evitar preguntarse, siendo sincero consigo mismo, si no la había seducido para probarse algo a sí mismo, tal y como le había hecho creer a Grace. Pero no era así: ella le había parecido deseable. Sólo pensar en ella como era entonces, y enfrentado a la realidad de lo hermosa y aún más atractiva que era en ese momento, le hizo darse cuenta de que nunca había deseado tanto a alguien como a Grace Tyler, tanto en el pasado como en el presente.

Con los años había conseguido obtener todo lo que se había propuesto y por lo que había trabajado. Los estudios de arquitectura lo habían convertido en un arquitecto nato y un golpe de suerte lo había llevado a ejercer de promotor. Tenía todo lo que había deseado: dinero, coches, mujeres, poder y Culverwells. Sólo le quedaba una cosa para completar sus logros, y ésa era Grace Tyler. Ella estaba destinada a acabar en su cama, le gustase o no. Y él se había propuesto conseguirla, ya le gustase él o no.

Pero ella aún lo deseaba. Había que estar ciego para no darse cuenta de aquella palpitación traicionera en su garganta en cuanto se acercaba a ella, el rubor y las pupilas dilatadas en el centro de sus enormes ojos azules. Ella aún lo deseaba, tanto como él a ella, si eso era posible, y no iba a descansar hasta verse rodeado de nuevo por sus preciosas piernas y tenerla bajo su cuerpo sollozando su nombre.

Capítulo 4

LA PEQUEÑA galería estaba en silencio, lo cual calmaba los nervios crispados de Grace. Necesitaba dormir después de un día batallando con personas como Seth Mason.

Cuando empezaba a subir la escalera, se encontró con que el teléfono estaba sonando.

Agotada, pensó dejar que el contestador respondiera a la llamada, pero no dejó de sonar hasta que cruzó el vestíbulo y levantó el auricular, y entonces deseó no haberlo hecho al oír la voz grave de Seth.

—Sólo quería comprobar que habías llegado y pensabas acostarte temprano.

—No, de hecho iba a dar una vuelta por el West End, ver un espectáculo y luego salir de clubs unas horas. Estoy cansada. Tengo jet lag y, por si no te habías percatado, ¡alguien ha comprado hoy la mayoría de las acciones de la empresa de mi abuelo, una empresa que ha pertenecido a la familia durante cincuenta años! —los sentimientos que había logrado reprimir volvieron a invadirla y se estancaron en su garganta, haciendo que su voz se quebrara en su lucha por dominarla—. Por supuesto que me voy a acostar temprano. No soy el tipo de robot que te gustaría que fuesen tus trabajadores.

—Quizá sí, porque tienes la voz nasal —comentó él, para preocupación de Grace. No podía, no debía hacerle notar que estaba intentando por todos los medios no venirse abajo después del día que había tenido—. ¿No estarás enferma? ¿Resfriada, quizá?

—¡Como si eso te importase! —colgó con fuerza el teléfono antes siquiera de darse cuenta de lo que hacía, y se quedó allí mirándolo, temblando de rabia.

«¿Cómo se atreve? ¿Cómo se atreve a controlar mi vida privada además de la profesional?», pensó fuera de sí mientras seguía mirando el teléfono entre aprensiva y excitada, esperando que volviese a sonar.

Aliviada al ver que no lo hacía, pero con la sensación de que le había quedado algo por decir, cruzó el salón al tiempo que se quitaba los tacones. Entró en el dormitorio, se quitó la ropa y las horquillas del pelo, y estaba a punto de agarrar la bata color champán que había arrojado sobre la cama cuando el interfono anunció que había alguien en la puerta.

–¿Quién es? –preguntó, estremeciéndose en su bata. No le apetecía ver a nadie aquella noche.

–Seth. Seth Mason.

El corazón de Grace se disparó. ¿Acaso la había llamado antes desde la vuelta de la esquina?

–¿Qué quieres?

–¿Puedo subir?

Ella quería decir que no, pero la lengua se le pegó al paladar y, antes de ser consciente de lo que hacía, pulsó el botón que abría la puerta.

Al oír sus pasos por la escalera, Grace no podía controlar el temblor de sus manos mientras se abrochaba el cinturón de la bata. Acabó de hacerlo justo cuando aquellos pasos se detuvieron en la puerta de su casa.

–¿Qué quieres? –preguntó ella, asombrada al verlo tan fresco y espabilado como aquella mañana. Al mismo tiempo, se apartó para dejarlo entrar, porque su presencia imponía tanto que resultaba imposible negarle la entrada.

Sorprendentemente, le traía la maleta que ella había dejado en el pasillo al verse sin fuerzas para subirla.

–Creo que has tenido un día muy duro –cerrando la puerta tras de sí, se agachó para dejar la maleta en el vestíbulo–. Y pensé que lo indicado era traerte una ofrenda de paz –en ese momento, mientras se enderezaba, fue cuando ella se dio cuenta del ramo de flores blancas y amarillas que sostenía en la mano.

–¿De dónde las has sacado? ¿Has estado de compras nocturnas en el supermercado? –al ver que él no respondía, se arrepintió de aquel comentario mordaz e infantil.

El ramo era fragante y estaba maravillosamente elaborado. Grace se sorprendió al ver el nombre de una exclusiva florista en el envoltorio. ¿Había estado planeando llevárselas desde mucho antes? ¿Era ésa la razón por la que le había llamado, para asegurarse de que no iba a salir?

–¿Piensas que esto lo arregla todo? –dijo ella de modo punzante–. ¿Que lograrías tumbarme con una disculpa y unas cuantas flores caras?

–No es ésa mi intención –hablaba con mucha seguridad en sí mismo–. Y no pretende ser una disculpa.

Claro que no. Ella se echó a reír.

–No. Estúpida de mí –le espetó ella, girándose para entrar en el salón.

–¿Por qué será –preguntó él con voz peligrosamente seductora mientras la seguía– que siempre que te veo estás a medio vestir?

Un calor insidioso recorrió la piel de Grace, acelerándole el corazón.

¿Por qué? Grace se hizo la misma pregunta y, seducida ante la idea de que él se fijara en ella, sintió la misma punzada que hacía ocho años, cuando sus ojos se encontraron por primera vez.

–Puede que sea porque para empezar no te invité a venir.

La boca de Seth se curvó en una sonrisa indolente. Sus sentidos absorbieron la cualidad translúcida de la piel de Grace; esos ojos azules que podían hacer que un hombre se hundiera en sí mismo echándola de menos; la nariz respingona que reflejaba su actitud con respecto a los subordinados y le hacían desear doblegarla y la boca, ligeramente prominente. Quería saborear esa boca hasta sentirse embriagado todo lo que ésta prometía, devorarla con la suya hasta que ella le rogase que la poseyera tal y como había hecho hacía tantos años.

La imaginó igual que entonces, desnuda excepto por la tira de encaje que cruzaba su pelvis, ofreciéndose a él como un espíritu del mar hermoso y abandonado. No había conocido a ninguna chica tan apasionada como ella. La noche en que bajó de la moto en la puerta de sus abuelos, parecía entusiasmada ante la sugerencia de una cita para el día siguiente. Al ver que no aparecía tras horas de espera en la playa, a él le habían entrado ganas de vomitar. Y al día siguiente, cuando él se la había encontrado en el pueblo, lo había tratado como si no existiese. No, peor, como si fuese escoria. Sólo había sido un entretenimiento para ella, un sustituto hasta que pudiese volver a casa con sus amigos ricos y estirados.

Después de aquello, lo único que pudo pensar en mucho tiempo fue en vengarse de la familia Culverwell por la humillación a la que lo habían sometido y por las privaciones que habían hecho pasar a su madre y sus hermanastros. Y lo había logrado. ¡Pero no había acabado todavía!

Se percató de que ella apretaba el ramo contra su pecho para ocultar que no llevaba sujetador, pero se notaba claramente por la forma en que sus pezones se marcaban a través del satén de la bata. Tuvo que apretar los puños para aguantarse las ganas de arrancársela y sustituirla por sus manos.

–Te has cortado el pelo –comentó él con una sequedad inusitada en la garganta, pensado, igual que había hecho al verla aquella mañana, que la sedosa media melena que acariciaba sus hombros le añadía un toque de sofisticación del que carecía hacía ocho años.

–He crecido.

«Y de qué manera», pensó él. Sintió una incómoda

opresión de la ropa bajo la cintura y le incomodó que ella todavía pudiese alterarle sin proponérselo siquiera.

—¿Por qué has venido? —preguntó ella, pero Seth vio que los ojos en que se había hundido de buen grado hacía ocho años se mostraban cautelosos, como si Grace le tuviese miedo o, aunque pareciese mentira, tuviese miedo de sí misma.

—Estaba preocupado —dijo él, sabiendo que cometía un error. Al teléfono, le había parecido que no estaba bien. Y le estaba viendo unas ojeras que ningún maquillaje podía disimular. Debía de estar cansada y sin duda sufría jet lag. Pero había algo más. Algo que le provocaba la misma mirada sombría que se había encontrado aquella mañana al entrar en su despacho y que le había remordido la conciencia, haciéndole sentirse un canalla por lo que había hecho más que un héroe conquistador—. Pensé que tenía que venir a comprobar por mí mismo que estabas bien.

Grace quería responderle con una pulla, pero los acontecimientos del día pesaban sobre ella. No le quedaba energía para seguir enfrentándose a él.

—Bueno, pues ya me has visto —susurró ella dejando caer los hombros. Al intentar alejarse de él, tropezó con uno de los zapatos que había dejado caer sobre la alfombra y se hubiera caído de no ser porque él estaba allí para recogerla.

—No necesito tu ayuda —dijo ella a su pesar mientras él la colocaba sobre el sofá y dejaba las flores en la mesita aneja.

—Pues mal asunto, porque ya la tienes.

Su fuerza, su proximidad y el aroma de su colonia provocaban en ella una excitación que la debilitaba. Pronto, ésta se tornó en pánico al ver que él se sentaba a su lado.

—¿Quién te ha invitado a sentarte? —graznó, sin aliento por la fuerza con que le latía el corazón.

—Tus buenos modales —recalcó él, medio en broma.

El comentario chistoso habría provocado una réplica en ella de no encontrarse tan nerviosa y debilitada por las sensaciones que la recorrían.

Desesperada por distanciarse de él, se dispuso a levantarse de un salto.

Pero, como si pudiera leerle el pensamiento, Seth le deslizó el brazo por la cintura evitando que huyera precipitadamente.

A Grace le pareció que el aire se le quedaba atascado en los pulmones. Todo su cuerpo ardía con el fuego que aquel brazo prendía en ella, como si su calor atravesara el fino tejido de la bata. Seth descansaba el otro brazo extendido sobre el respaldo del asiento, lo que hizo que el pensamiento de Grace entrara en una espiral de miedo y anticipación.

Si la besase...

Sin embargo, él no hizo otra cosa que limitarse a mantenerla allí sentada. Rígida por la tensión, con el pecho agitado por la respiración, exhaló:

—¿Qué es lo que quieres de mí, Seth?

—Creo que una vez te hice la misma pregunta.

Sí, lo había hecho. Y ella rehuyó aquel recuerdo, porque ambos sabían lo que ella quería, y seguía queriendo, de él. A pesar de la crueldad que había en su deseo de venganza, a pesar de todo lo que le había arrebatado, porque no lo podía negar.

Se sentía sexualmente atraída por él como nunca antes. Incluso más, si eso era posible. Pero sólo porque su carne era débil. No había nada más, y ella se lo tuvo que recordar una y otra vez. Seth Mason era un hombre peligroso y ella era estúpida si se permitía caer en su trampa. Porque las flores y la aparente preocupación no eran más que eso: sólo formas de acabar con su resistencia para reclamar el trofeo definitivo: que ella se rindiese a su sexualidad. «¿Y luego qué?», se preguntó con un estremecimiento.

Deseaba poner una distancia segura entre ambos,

pero el sentido común le evitó volver a hacer movimientos repentinos. Hubiesen tenido el mismo efecto que el de un ratón intentando huir de las garras de un felino, porque sabía por instinto que, si lo intentaba, aquel brazo la apretaría con más fuerza.

En lugar de eso, le preguntó:

–¿Qué grado de persuasión tuviste que utilizar para conseguir que Corinne te cediera su parte de la empresa?

–¿Qué es lo que quieres que diga, Grace? –inspiró profundamente, recostándose y retirando los brazos al mismo tiempo–. ¿Que me estoy acostando con ella?

–¿Es así?

–¿Crees que voy por ahí contando secretos de alcoba?

Ella se echó a reír con una risa falsa por la tensión, mientras imágenes de él en la playa y de cómo sería verlo en la cama, sus miembros enredados con otros más pálidos y sumisos en su pasión, surgían amenazando sus ya de por sí vulnerables defensas.

–¿Intentas decirme que tienes escrúpulos?

Seth apretó los labios.

–No más que tú.

Ella se apartó de él con la barbilla alta a pesar del recordatorio. En el lugar en el que había estado su brazo sólo quedó una sensación de frío.

–¿Te importa, Grace?

–¿El qué?

–Si me estoy acostando con ella o no.

–En absoluto –dijo ella con desdén.

–¡Menuda declaración! –se burló él–. Me pregunto por qué la señora considera necesario despacharla con tanta fuerza.

–Debí pensar que era obvio. ¡Eres un ser despreciable!

–¿No es eso algo que deberías decirle a personas más cercanas a la familia? –se refería a Corinne... y a

Paul–. Ella te ha traicionado, Grace –sus palabras era duras, categóricas, despiadadas–. Igual que tu querido Harringdale.

–No es mío –estalló ella, herida, preguntándose cómo él, cómo ambos, habían podido dejar la empresa en manos de un hombre como Seth Mason–. Todo acabó entre nosotros, como sutilmente sugeriste en la inauguración. Fue hace meses.

–Ah, sí. ¿Qué es lo que pasó en realidad? ¿Te cansaste de él? –preguntó Seth, como aburrido de repente, al tiempo que ignoraba su acusación–. ¿O fuiste tan frívola y caprichosa como dijo Harringdale que eras? ¿Cómo era? –frunció las cejas como si fingiera buscar las palabras que obviamente estaban presentes en su mente–. «A Grace Tyler sólo le interesa divertirse, y cuando dejas de ser una novedad, cosa que ocurre con increíble rapidez, a su sentido de la lealtad le ocurre exactamente lo mismo» –apretó los labios. Después de todo, ¿no había sido él víctima de lo que sólo podía describirse como un comportamiento caprichoso?

Grace pensó que quizá tenía razón al pensar mal de ella. Pero aquello fue en el pasado.

–Creo que mi relación con Paul no es asunto tuyo. Quizá estás demasiado influido por lo que has leído en la prensa.

–Quizá –aceptó él, pero no del todo convencido–. Quizás Harringdale sólo estaba siendo rencoroso en vista de la forma en que lo dejaste plantado. O puede que tuviera razón. Quizá la lealtad y el respeto son conceptos que aún no has aprendido.

–Puedes creer lo que te apetezca –objetó ella, tan tensa que se estremeció cuando de pronto el reloj que había sobre la chimenea marcó la media hora–. Al igual que todo periodista sensacionalista con el que me he cruzado, tienes tus propias y prejuiciosas opiniones y nada de lo que diga servirá para cambiarlas.

–Inténtalo.

–¿Por qué?

Él no contestó, pero su mirada era tan autoritaria e intensa que las palabras comenzaron a fluir de su interior antes de que pudiese detenerlas.

–Para tu información, más que nada fue algo en lo que me dejé llevar. Creía que Paul y yo teníamos mucho en común, así que me parecía buena idea que nos comprometiésemos y uniésemos nuestros intereses profesionales. Era lo que deseaban nuestras respectivas familias, sobre todo mi abuelo –no podía olvidar las indirectas de Lance Culverwell, la presión silenciosa pero permanente que había ejercido para que ella se casara con el heredero de la fortuna Harringdale.

–Y, una vez desaparecido tu abuelo, no te viste obligada.

–No, aunque te parezca extraño, creo que los principios están por encima de hacer algo simplemente porque es lo que se espera de ti.

–¿De verdad? –alzó las cejas en un gesto burlón–. ¿Y desde cuándo cultivas esta admirable virtud?

–Puedes burlarte cuanto quieras. Es la verdad.

–¿Y tu madrastra?

–Abuelastra –corrigió ella subrayando la palabra.

La mirada que él le dedicó dejaba claro que había comprendido el tono involuntario de censura que había en su voz. Torció la boca, como si estuviese sopesando la diferencia de edad entre la exmodelo Corinne Phelps y Lance Culverwell, preguntándose la viabilidad de aquella pareja.

–Es curioso cómo el sexo domina a un hombre, o una mujer, en ese aspecto. ¿No es cierto, Grace?

Ella lo miró con recelo.

–¿Qué quieres decir?

–Lo que quiero decir es que Lance no estaba preparado para que alguien de mi condición ensuciara el pedigrí de su valiosa familia, pero no tuvo ningún escrúpulo en lo referente a él y a una mujer a la que no le importaba que la fotografiasen en alguno de los más, digamos... noticieros gráficos.

–Lo que mi abuelo descubriese después de haberse casado no tiene ninguna relación con su criterio. Y no todos somos como tú, Seth Mason. Mi abuelo no se casó con Corinne por... –no lograba decirlo. Odiaba tener que escuchar a otra persona expresando las dudas sobre el buen criterio de Lance Culverwell que ella había albergado en silencio, sola–. Se casó con ella porque se sentía solo.

Los ojos de acero de Seth penetraron en el alma de Grace.

–Si es eso lo que crees, es que no has madurado todavía, Grace, aunque digas lo contrario. Puede que abogara por personas de cierto nivel económico y de buena familia, condiciones que por supuesto encontró en la mujer con la que compartió la mayor parte de su vida, pero al final de ésta no era más inmune que cualquier otro a las artimañas de una bonita cazafortunas tan fina como un saco de patatas.

–¡Tiene gracia que tú digas eso! –le espetó ella, odiándole por decirle esas cosas–. Todo lo que puedo decir es que cree el ladrón que todos son de su condición.

Grace se dio cuenta de que había puesto el dedo en la llaga por la rabia que ardió en los ojos de Seth.

Asustada ante la furia que había provocado, empezó a apartarse, pero él era demasiado rápido y la agarró mientras ella emitía un chillido inútil.

La bata le había resbalado por el hombro y, tirando del la tela que cubría el otro para atrapar en ella sus brazos, la atrajo hacia él y la besó con fuerza. Ella luchó por liberarse y sonidos de protesta partieron de sus labios atrapados, pero el forcejeo sólo conseguía avivar a Seth y hacer que su boca insistiera más y más en sus demandas.

Los infructuosos movimientos de Grace hicieron que

la bata se abriese. Sentía la aspereza de su traje sobre el vientre, los muslos, los pechos desnudos.

Ella volvió a gruñir de nuevo, sólo que ésa vez fue el débil sonido del deseo. ¡Le odiaba y deseaba al mismo tiempo! ¡Aquello era enfermizo!

La revelación le impresionó al darse cuenta de que él también había descubierto lo mismo.

Reaccionó rodeándola con los brazos, atrayéndola contra la calidez de su cuerpo, abandonando su boca únicamente para inclinarle la cabeza hacia atrás y recorrer la sensible columna de su cuello.

Las sensaciones que recorrieron el cuerpo de Grace habían estado ausentes en su vida desde hacía ocho años. «¿Por qué él?», se preguntó despiadadamente, apretando los dientes ante todo lo que él le estaba haciendo. ¿Estaba destinado a ser el único hombre que le hacía reaccionar?

Odiándose por su debilidad, con los dedos curvados sobre los hombros de su chaqueta, luchó contra las reacciones traicioneras de su propio cuerpo y acabó sin aliento y temblando, con los ojos cerrados, cuando Seth finalmente alzó la cabeza. Tenía el rostro enrojecido y la boca tensa por el deseo que estaba intentando reprimir, pero su mirada era sin duda de suficiencia.

Aun así, pareció que le costaba controlar la respiración cuando dijo en un tono ligeramente burlón:

—¿Y dónde quedan ahora esos principios, Grace?

—Canalla. ¿A eso has venido esta noche? —preguntó, apartándose de él de un empujón—. ¿Para humillarme? —le temblaban tanto las manos que apenas podía abrocharse la bata.

—Si te sirve de consuelo, Grace, no tenía intención de humillarte.

—¿No? ¿Y qué pretendías exactamente? ¿Engatusarme con tu fingida preocupación por mí y esperar que un puñado de flores me hiciera caer a tus pies?

—Deja que te recuerde, Grace, que éramos dos los

implicados en ese beso, y tú respondiste. En cuanto a mi adquisición de Culverwells, un día me agradecerás que haya intervenido cuando lo he hecho.

–¡Nunca!

–Nunca digas nunca jamás –se burló–. ¿Podemos intentar ponérnoslo fácil siendo civilizados y tratando de llevarnos bien...?

–¿Rindiéndome ante tus ataques, quieres decir?

–O podemos seguir tal y como estamos –dijo él, ignorando su comentario– y seguir adelante con esta guerra sin sentido. A mí me da igual.

–Tú la iniciaste –dijo ella, y no pudo evitar encogerse al ver lo infantil que sonaba su acusación.

–Oh, no. Tú la iniciaste, querida. Mucho antes de que yo hiciera nada para ganarme tu desprecio.

–Pues ya te lo has ganado, así que vete, por favor.

Seth se agachó a recoger las llaves del coche y sólo se giró al llegar a la puerta del salón.

–Acuéstate temprano. Tenemos mucho trabajo por delante –le informó con la indiferencia con que un empresario trata a un subordinado.

Dos segundos después lo oyó cerrar la puerta de la casa. Reprimiendo lágrimas de frustración, Grace vio que las flores todavía descansaban sobre la mesa y, recogiéndolas, las arrojó en la dirección en la que él se había marchado.

Capítulo 5

A LA MAÑANA siguiente, Seth no estaba aún en la oficina cuando Grace llegó, y ella no pudo sentirse más aliviada.

Después de todo lo que había dicho el día anterior sobre no acabar en la cama con él, sólo había hecho falta un beso para demostrarle que, en lo que referente a él, tenía tanto control sobre sus reacciones físicas como sobre la climatología.

Mientras se quitaba la chaqueta, la colgaba e intentaba concentrarse en el trabajo, se preguntó, igual que la noche anterior, antes de caer en un sueño profundo, por qué había reaccionado ante él de forma tan vergonzosa. ¿Por qué, si el único interés que Seth tenía por ella era el de vengarse?

Se gruñó a sí misma mientras abría el correo y leía una carta que había abierto sin digerir una sola palabra.

Era la misma mujer que había subido a un taxi el día anterior por la mañana, dispuesta a luchar con todas sus fuerzas contra el nuevo presidente de Culverwells, ¿no era así? De hecho, podía haber caído en sus manos haciendo el ridículo más espantoso, pero todavía conservaba su espíritu combativo y su determinación a hacer lo mejor para la empresa.

Cuando sonó el interfono de su despacho y la voz de Seth le llegó a través de la línea para insistirle en que subiese a su despacho, el corazón de Grace empezó a latir con fuerza.

¿Iría a despedirla ahora que había sido lo suficientemente débil y estúpida como para mostrarle que le seguía alterando tanto como cuando era una adolescente inconsciente? ¿O estaba dispuesto a esperar hasta obtener el premio que completaría su venganza y que consistía en verla rendida en su cama?

Cuando entró en su despacho, él estaba revolviendo en el archivador, y Grace apretó los dientes preparándose para lo peor.

–Buenos días, Grace –cerró el cajón sin tan siquiera levantar la vista–. ¿Has podido descansar?

Ella siguió con mirada rebelde su figura impecablemente ataviada y sintió enormes deseos de golpearle.

–He dormido menos de tres horas, ¿qué esperas?

Él se sentó, agarró su estilográfica de oro y se puso a escribir.

–¿Significa eso que estás hoy en mejor forma para solucionar temas urgentes?

–¿Qué ha pasado? –tragó saliva, desesperada por el modo en que le había fallado la voz. ¿Significaba aquello que no la había llamado para despedirla?

–La cuenta Poulson. Creo que la llevabas tú –entonces alzó la vista, y ella se hubiera golpeado por la forma en que la intensidad de sus ojos hizo saltar su estómago–. Parece que están dando problemas con las fechas de encargo. Por la correspondencia que se ha mantenido con ellos parece que son difíciles de tratar y que sólo te van a hacer caso a ti.

Grace intentó controlar la voz aunque le temblaba el cuerpo de arriba abajo.

–He conseguido entablar muy buena relación con ellos –no le parecía apropiado hablar así con él, tratar de negocios como compañeros formales, como si los momentos apasionados que había vivido en su casa doce horas antes no hubieran pasado nunca–. Se muestran difíciles al principio, pero he descubierto que con un poco de diplomacia y persuasión se les puede convencer.

Desde su posición de autoridad, la mirada de Seth recorrió la falda estrecha, la blusa verde y azul y el pelo recogido hacia arriba de Grace.

—Como a la mayoría de la gente.

Habló justo con la cantidad adecuada de trasfondo sexual como para que ella se ruborizase. ¡No había habido nada diplomático ni persuasivo en la forma en que él había conseguido que ella le correspondiera!

Intentando no mirarle, rodeó la mesa para recoger la carta que había dejado a su lado para que le echara un vistazo mientras él agarraba su bloc de notas. Le rozó el antebrazo con la manga de la chaqueta de forma tan suave y sensual que ella retrocedió ante el contacto, como si la hubiese atravesado una corriente eléctrica. Conteniendo la respiración, pidió a sus pies que la acercaran al archivador. No podía concentrarse, ni siquiera pensar con claridad, cuando lo tenía cerca.

—¿Qué es lo que pasa, Grace? —él estaba allí, con la mano apoyada sobre el cajón, impidiendo que lo abriese—. ¿No quieres reconocer lo que todavía provoco en ti? ¿Lo que provocamos el uno en el otro?

Con los músculos tensos, Grace apenas podía respirar debido al atrayente olor que desprendía su cuerpo, a su magnetismo sexual.

—Si te refieres a lo de anoche, apenas sabía lo que hacía.

—¿No? —él la miró escéptico.

—¿Por qué iba a querer que sucediese algo así? —graznó, apretando la carta contra su pecho como si fuese una cuerda de salvamento—. ¿Por qué, si te desprecio, si no hay palabras lo suficientemente fuertes para describir lo que estás haciendo?

—Porque no puedes evitarlo, Grace, no más que yo. No me malinterpretes, no eres mi ideal de pareja, pero no estamos hablando de una relación de amor y confianza, ¿verdad?

Movió un dedo para tocarle la mejilla, pero ella apartó la cara, enfadada.

—¡No tendría una relación contigo, Seth Mason, ni aunque fueses el último hombre sobre la tierra!

—¡Menudo topicazo! –rió él.
—Pero no soy el único hombre sobre la tierra, ¿no? –dijo él arrastrando las palabras con la mirada fija en la boca temblorosa de Grace–. Sólo soy el único que deseas. Y a juzgar por la reacción que tuviste anoche, en una relación tan íntima como sea posible.

¡Como si ella necesitara que se lo recordase! Con la garganta rígida por la tensión, le espetó:

—¡No pude oponer resistencia, estaba agotada, por Dios santo!

—¿Y ya te has recuperado del jet lag?

—Más o menos. Pero... –frunció la pálida curva de su frente y en sus ojos apareció una mirada cautelosa al darse cuenta de adónde le llevaba aquella pregunta–. No te atrevas –le advirtió, apartándose de él.

—Te dije que no me retaras, Grace –le recordó él, extendiendo la mano para evitar que tropezase con la papelera–. Parece que te estás aficionando a no mirar por dónde vas –rió por lo bajo mientras la rodeaba con el brazo, pero era la risa de un vencedor, del conquistador que reclama su trofeo.

—¡Suéltame!

Todavía riendo, la hizo girarse y, sin hacer caso a los puños que oponían resistencia sobre sus hombros, atrapó su boca en un beso apasionado.

—¿Por qué siempre muestras resistencia cuando sabes que al final acabarás cediendo? –se burló él cuando las manos de Grace dejaron de presionarle los hombros. Las mantenía cerradas en un inútil intento por no demostrarle lo mucho que deseaba deslizarlas por su espalda–. Entonces, anoche no pudiste remediarlo y ahora tampoco puedes, ¿no? –ella no pudo contestar. No pudo decir nada, porque en ese momento estaba demasiado afectada–. Quizá seas una de esas mujeres a las que les gusta que las subyuguen. ¿Es así? Porque, si quieres, jugamos a ese juego, aunque ambos sabremos que sólo se trataría de eso, ¿no, Grace? Un juego.

Grace se despreció a sí misma porque no entendía cómo era posible que su cuerpo siguiese reaccionando ante él sabiendo que únicamente buscaba venganza por lo que ella y su familia le habían hecho en el pasado. El sentimiento de indignación que se apoderó de ella le hizo gritar:

–¡Vete al infierno!

–Oh, ya he estado allí, mi amor. Y te juro que no es nada agradable –sus facciones se tornaron rígidas–. Pero si hacer el amor conmigo sería un infierno para tu orgullo, vas a tener que acostumbrarte a chamuscarte viva, porque esto seguirá ardiendo entre nosotros hasta que no queden más que cenizas. Así que no te preocupes: lo que queremos el uno del otro es tan fuerte que al final acabará por consumirse.

–¿Y entonces qué? –preguntó ella, estremeciéndose ante su determinación y el furor de los sentimientos que sus palabras le habían provocado–. ¿Tomamos caminos distintos?

Él bajó la vista, de modo que ella no pudo percatarse de lo que había en sus ojos.

–Claro.

Sólo que Grace no podría hacerlo. Pero ¿por qué? ¿Por qué si él no significaba nada para ella, si no era nada más que alguien con quien había tenido una fugaz aventura? Alguien cuyo hijo había llevado dentro y luego perdido, como si la vida se hubiese estado burlando de ella, exigiendo que pagase su indiferencia ingenua e insensible.

Cerró los ojos para borrar los recuerdos, la angustia que le provocaba recordar la añoranza, la soledad, la confusión.

–No puedo hacerlo –las palabras escaparon de sus labios sin querer. Para desviar el significado que él pudiera otorgarles, añadió rápidamente–: Al contrario de lo que puedas pensar, no me gustan las relaciones esporádicas.

Los labios de Seth estaban a un milímetro de los suyos, tan cerca que incluso el hecho de que no llegaran a tocarse resultaba excitante. Ella bajó los párpados para que él no reconociese el deseo en sus ojos.

–Oh, yo creo que sí que puedes.

Grace abrió los ojos. El rostro de Seth parecía desenfocado, era una imagen oscura e inescrutable, de boca dura pero extrañamente vulnerable, pómulos tersos, pestañas negras que descendían hasta cubrir el pozo de sus ojos.

Era increíble. Innegablemente apuesto. Y vengativo al mismo tiempo.

–Seth, por favor... –lo decía desde el fondo de su añoranza del amante cálido y tierno que había sido hacía tantos años. Una ternura que había desaparecido por la forma en que ella y su familia lo habían tratado–. No hagas esto.

Él se separó un poco de ella para que pudiese verlo mejor.

–¿Estás suplicando, Grace?

La curvatura cruel de su boca le mostró, para mayor desesperación suya, que nunca sería indultada.

–¡No, sólo intentaba apelar a lo bueno que hay en ti, pero está claro que pierdo el tiempo!

–Obviamente –sonrió, en un gesto carente de afecto–. ¿Cómo esperas que se contenga alguien que es...? ¿Cómo es como me llamaste?... ¿Básico? Ahora, déjame ver: ¿qué significa eso? ¿Rudo? ¿Primitivo? ¿Carente de modales? Bien, no te preocupes. ¡Estoy seguro de que podría darles cien mil vueltas a todos tus novios de colegio privado! Cuando te haga el amor no habrá ni las prisas ni el apremio de la primera vez. Vas a disfrutar del beneficio de mi experiencia en una larga y lenta noche de amor adecuada a una mujer de tu... sofisticación. Y no vas a salir de la cama hasta que estés tan borracha de sexo que no te puedas tener en pie. ¿Te ha quedado claro?

La respuesta que asomaba a los labios de Grace quedó interrumpida por un repentino golpe en la puerta.

Se alejó de él, y aún se estaba estirando la blusa cuando Simone entró con varias carpetas.

–Lo que había pedido, señor Mason.

Grace ser percató de la mirada de su asistente, que pasó rápidamente de ella a Seth y otra vez de vuelta a ella. También se dio cuenta del pañuelo manchado de carmín que Seth se estaba metiendo en el bolsillo mientras se daba la vuelta tranquillo y sosegado, como si el aire no estuviese cargado de una tensión sexual tal que la hacía temblar y albergar la certeza de que la otra mujer la había percibido sin ninguna duda.

–Sí, gracias, Simone. ¿Has traído también tu bloc de notas?

Grace pensó que él sabía que la secretaria iba a subir. ¿Y a pesar de ello había intentado seducirla? ¿Con qué intención? ¿Esperaba que Simone fuese la típica empleada indiscreta a la que le gustan las intrigas en la oficina y le dijese a todo el mundo que estaban teniendo una aventura?

La mirada de Seth a Grace desde su asiento fue casi de sorpresa por verla todavía allí.

–Gracias, Grace –dijo en tono frío y formal–. Eso es todo por ahora.

Tuvo el descaro de despedirla, como si fuese una empleada temporal a la que pudiese llamar o despedir siempre que le apeteciera. O peor aún: una aduladora esclava sexual siempre a su entera disposición.

Bien si quería un cotilleo en la oficina, lo iba a tener.

–No lo entretengas mucho –susurró inclinándose hacia Simone–. Esta tarde tiene una cita importante. Una demanda muy desagradable por no cumplir un acuerdo de manutención –y bajando la voz, arrugó la nariz en un gesto de complicidad y añadió–: De esto, ni pío.

A juzgar por la lógica inquietud de Simone, la mujer no estaba segura de si Grace estaba de broma o no.

Aunque Grace sabía que su secretaria no revelaría ninguna información personal sobre los trabajadores, Seth lo ignoraba.

Ni siquiera se molestó en volver a mirarle antes de salir de la oficina con la cabeza alta.

Las dos semanas siguientes transcurrieron en una agotadora nube de reuniones, papeleo y negociaciones. Luego Seth estuvo ausente unos días, ocupado en asuntos de sus distintos negocios.

Había habido demasiado trabajo en la oficina como para que se diesen distracciones de tipo personal, y cuando a Seth lo llamaron inesperadamente para solucionar otro problema en su imperio empresarial que no podía retrasar, Grace no pudo sentirse más aliviada.

Como todos los demás, ella había trabajado muy duro los días de aquel periodo inicial de transición en la dirección y se había quedado hasta tarde en la oficina, a veces ni siquiera había comido. Pero Seth era un fenómeno, con unas reservas de energía que aventajaban a las de ella y hasta a las del ejecutivo más activo, y ella estaba dispuesta, si era posible, a intentar mantener su mismo ritmo. Grace ignoraba cómo conseguía él controlar todos sus negocios y hacerlos funcionar de forma eficaz, pero aquello demostraba que tenía criterio a la hora de contratar sólo al mejor personal que era necesario para dirigir cada una de las empresas que presidía.

Lo que convertía su decisión de trabajar codo con codo con ella en algo de lo que Grace debía sentirse orgullosa, de no ser porque sabía que él albergaba un deseo más amargo: el de hacerle pagar por sus actos del pasado, y de la forma más básica posible. Por eso, cuando lo tenía cerca, su presencia le alteraba el equilibrio y los nervios, y era tanto así que ella había empezado a perder el sueño.

—Tienes muy mala cara —le comentó él cuando regresó para una breve visita a la oficina–. Dice Simone que has estado trabajando a todas horas y te has negado a cuidar de ti misma, saltándote las comidas en más ocasiones de las aconsejables. Y no podemos permitir eso, ¿verdad? No quiero una amante débil y desnutrida en mi cama.

–Entonces tendrás que buscarte una con proporciones más generosas –respondió Grace, conteniéndose para no decirle que había tenido una molestia de estómago que seguramente era la causa de su palidez. No quería reconocer lo en forma, lo fuerte y lo atractivo que estaba él comparado con ella, con el cuello blanco de la camisa acentuando su piel aceituna, el pelo negro e indomable y el traje oscuro que realzaba las líneas de su cuerpo–. Estoy segura de que encontrarás un montón en Nature House.

Él se echó a reír, como hacía siempre que ella intentaba eludir los comentarios sobre convertirla en su amante.

–Vas a comer –ordenó él, tomándola de la mano–. Ahora mismo.

Ella miró el reloj que había sobre la pared y que marcaba las cuatro y media.

–Contigo no –intentó liberarse, pero sólo consiguió que él la sujetara con más fuerza.

–Conmigo. Y con cargo a mi cuenta de gastos. Es una comida de negocios, a la que espero que asistas.

Lo decía en serio, y ella sabía cuándo los negocios eran la prioridad en su agenda. Así que, veinte minutos después, se encontró en el Mercedes con chófer que él solía usar para trasladarse por la ciudad y que les llevó a un pequeño restaurante que, según Seth le comentó por el camino, servía comidas exquisitas durante todo el día.

–No me había dado cuenta del hambre que tenía –afirmó ella a regañadientes mientras atacaba una lasaña casera con ensalada.

–Pensé que querrías ver esto –dijo él cuando hubieron terminado. Era un correo dirigido a Seth, de los clientes que Grace había visitado en Nueva York, en el que aceptaban seguir comerciando con Culverwells ahora que estaba bajo la protección del holding de Mason.

–Seguramente esto te hará sentir importante.

–En absoluto –se limpió la boca con la servilleta y la dejó sobre la mesa–. El trabajo de relaciones públicas que hiciste en Nueva York ha surtido efecto –estaba reconociendo que no había ido a la Gran Manzana únicamente para comprarse ropa, como había dicho con anterioridad–. Y estoy en esto sólo para que Culverwells vuelva a recuperar el estado de cuentas que tenía antes de la crisis.

–Y para hacerte de paso con más millones.

–Por supuesto, soy un hombre de negocios, y eso entra en la ecuación. Pero no estoy en esta empresa para fastidiarte.

–¿De veras? –ella lo miró con suspicacia–. Cualquiera lo diría.

–Eso es algo que va totalmente aparte. Si algo he aprendido en mi ascenso hasta donde me encuentro hoy, es que no se deben mezclar los negocios con lo personal. ¿Sabías que tu abuelo corrió muchos riesgos en asuntos que no siempre eran buenos para la empresa?

La pregunta, formulada de modo tan repentino, la desconcertó por un momento. Lo miró a través de su vaso con una mezcla de perplejidad y acusación en sus ojos.

–Mi abuelo jamás se hubiera metido en nada turbio.

–No he dicho que fuera así. Invirtió imprudentemente, con la mejor de las intenciones, estoy seguro, pero en contra del consejo de miembros más cautos de la directiva. Por entonces, su criterio se encontraba empañado por asuntos más... personales –algo que, como acababa de indicar, jamás permitiría que le pasara a él mismo–. Asuntos por los que, como creo que se dio cuenta al final, no merecía la pena arriesgar la empresa.

Se refería a Corinne, pero Grace no estaba segura de adónde quería llegar realmente.

–¿Qué quieres decir? –preguntó ella, arrugando la frente.

–¿Sabías que tu abuelo tenía concertada una cita con su abogado justo el día después de fallecer para cambiar su testamento? –Grace sintió que el color abandonaba su rostro–. No lo sabías.

Inusitadamente, al rostro de Seth asomó un sentimiento cercano a la compasión.

Ella sacudió varias veces la cabeza como si pretendiera despejarla.

–¿Cómo lo has descubierto?

–Tengo mis fuentes.

Por supuesto. Tenía acceso a todo: cartas, archivos, diarios de la empresa. Hasta a ella, si se permitía sucumbir a aquella mortífera atracción.

–Puede que se diera cuenta del error que estaba cometiendo y decidiese hacer algo al respecto –dijo él.

Pero entonces había sufrido un ataque al corazón y sus verdaderas intenciones nunca llegaron a conocerse. Ella se preguntó si Seth estaba pensando lo mismo que ella: que si Lance Culverwell no hubiese muerto entonces las cosas hubiesen sido distintas. Probablemente Grace habría asumido el control de la empresa y Seth nunca se hubiese apoderado de ella como lo hizo.

–Mucho me temo que tus encomiables esfuerzos por salvar Culverwells no hubieran servido para nada sin la inyección de capital que necesitaba para reinvertir –oyó que Seth le decía, como si hubiese seguido el hilo de sus pensamientos.

«Que sólo un hombre tan rico e influyente como él podía proporcionar», reconoció ella de mala gana.

–Ten cuidado –susurró. Se sentía sobrepasada por los sentimientos que albergaba hacia el abuelo que había sido incapaz de ayudar por pensar que le había defraudado, y el cúmulo de sentimientos contradictorios que le provocaba el hombre que estaba sentado frente a ella, en este último caso, por razones que no se atrevía a preguntarse–. Eso tenía pinta de cumplido.

–Nunca he dudado de tu capacidad como mujer de negocios, Grace.

–¿Y de otros aspectos de mi carácter sí? –al ver que él alzaba una ceja como toda respuesta, continuó–: De todas formas, eso no es lo que dijiste el día que te hiciste con Culverwells.

–Sé lo que dije –contestó él–. Eso fue antes de que tuviese la oportunidad de comprobar lo mucho que habías trabajado e invertido en la compañía para extraer lo mejor de los otros directivos y de la plantilla –levantó su copa–. Brindo por ti, Grace. Según mi experiencia, no todos los días encuentra uno una dedicación tan inquebrantable, sobre todo por parte de una mujer. Y antes de que digas que soy un machista, te diré que no lo soy. Sólo hablo de mi propia experiencia. La mayoría de las mujeres que he conocido en el mundo de la dirección de empresas tenían que repartir su tiempo entre el trabajo y la familia, sobre todo para estar con sus hijos, lo que dificulta una dedicación total e indefinida. Por suerte, tú no tienes ese tipo de distracciones.

–No –con gesto atribulado, bajó la vista hacia su vaso, preguntándose qué hubiera dicho de haber sabido que de no ser por el destino ella tendría un hijo en ese momento. Y no un hijo cualquiera, sino su hijo.

–Vamos –dijo él, inusitadamente cortés, quizá detectando su cambio repentino de humor y pensando probablemente que se debía a que había perdido su puesto anterior en la empresa–. Te llevaré a casa.

Las luces de la galería que había bajo el apartamento acababan de apagarse cuando el enorme coche blanco se detuvo ante la puerta.

–Beth ha estado trabajando hasta tarde –comentó Grace mientras salía del coche justo cuando la puerta de la galería se abría y aparecía la pequeña y voluptuosa morena.

Conforme intercambiaba unas palabras con su amiga, Grace no pudo evitar darse cuenta de la mirada apreciativa que ésta le dedicaba a Seth, que en ese momento rodeaba el capó del Mercedes blanco.

–¿Cómo lo haces? –le susurró a Grace, claramente sorprendida.

A regañadientes y porque Seth la había oído, los presentó. «¿Habrá alguna mujer que no esté a salvo de él?», se preguntó desesperada mientras ellos se estrechaban la mano y la directora de la galería se derretía ante la sonrisa devastadora de Seth.

–¡Así que eres el Seth Mason del que tanto he oído hablar! –con el poco tacto que la caracterizaba, estaba haciéndole saber a Seth que Grace le había hablado de él–. ¿No te vi en la noche de la inauguración? –miró a Grace y luego a aquel hombre alto e indómito buscando una confirmación.

–Es... posible –contestó él evasivamente.

–Puedes irte, Beth, yo cerraré la galería –se ofreció Grace, aliviada al ver que su amiga captaba la indirecta y se marchaba sin hacerle pasar más vergüenza, después de expresar lo encantada que estaba de haber conocido a Seth.

–¿No me vas a invitar a tomar un café?

Él estaba allí detrás de ella y, después de haberla invitado a comer, Grace pensó que no podía negarse.

Cuando accedió con cierta intranquilidad, vio que él hacía un breve gesto al chófer.

–Has dicho café, no desayuno –le recordó con el corazón latiendo a toda velocidad al ver que el coche se marchaba.

–Estaba aparcado en zona prohibida. Se entretendrá sin saltarse ninguna norma de tráfico hasta que le llame por teléfono.

«Quién me manda decir nada», pensó ella, sintiéndose escarmentada. Le alivió pensar que la puerta de la galería no estaba aún cerrada, lo que significaba que podía llevarlo a pequeño saloncito que había en la trastienda en lugar de subirlo a la intimidad de su apartamento.

Encendió las luces y cerró la puerta tras él para que nadie pensase que la galería seguía abierta y le dejó contemplar las obras mientras se dirigía a la pequeña cocina que había tras el almacén para preparar dos tazas de café instantáneo. Echó leche sólo en el suyo, porque recordó que en la oficina Seth siempre lo pedía solo.

Cuando salió, él estaba mirando un paisaje a lápiz y tinta escondido a la vista del público en un hueco detrás del mostrador. Se agachó para mirar la firma.

–Matthew Tyler.
–Mi padre.
Él agarró la taza que ella le ofrecía.
–Claro, he oído que sus obras se venden por miles, decenas de miles de libras.

Grace asintió.

–Y creo que la venta de sus esculturas tampoco va nada mal –al ver que ella no respondía, añadió–: Debes de estar muy orgullosa de él.

¿Lo estaba? Para evitar dar una respuesta, dio un sorbo rápido a su café y se quemó la lengua.

–No llegué a conocerlo realmente –dijo cuando se hubo recuperado lo suficiente como para hablar, intentando no parecer demasiado evasiva.

–¿Es lo único que tienes de él? –Seth la miró fugazmente.

–¿Además de esta tienda?
–¿No tienes un almacén lleno de obras maestras sin vender?

–Sería muy afortunada en ese caso –dijo ella con una mueca–. Creo que no hizo nada durante mucho tiempo antes de su fallecimiento. Todo lo que no estuviese inacabado o tachado se ha vendido o tirado. Me han dicho que era un perfeccionista obsesivo.

–¿Y esto es todo lo que te ha dejado como recuerdo suyo?

–No, para ser justos, tengo que decir que hay otro objeto.

Él la miró, esperando que siguiera contando, pero ella no lo hizo.

Con la cabeza inclinada hacia un lado, fijó su atención en el dibujo.

–Es bueno –lo elogió con cierta formalidad en la voz–. Pero no es de los mejores.

Su mejor obra, según los expertos, era la escultura de bronce que ella había vendido, hecha a partir de un boceto que Matthew Tyler había hecho de su hija durante una de las pocas ocasiones en que apareció en su vida. Sólo había ido a verla durante las semanas previas al aborto, porque Lance Culverwell lo había hecho llamar al ver que ella estaba muy mal, muy desanimada.

–La esculturas eran su fuerte –le dijo ella con la mirada aún fija en la pared y preguntándose si los ojos que él había fijado en su perfil podían leer la tensión que había en su interior.

¿Cómo podía hablarle de ese bronce a nadie, y menos a él? ¿Cómo explicar los sentimientos que le llevaron a venderlo? Ni siquiera miró a Seth, temerosa de que leyera lo que decía su rostro.

–¿Qué pasa? –preguntó él en voz baja, plenamente consciente.

Ella emitió un grito ahogado al ver que las luces de la galería se apagaban de repente y los dejaban a oscuras.

–Oh, no, no es un corte de electricidad –rezongó Grace, aunque se sentía agradecida porque aquello le había permitido eludir la pregunta a pesar del inconveniente de no tener luz.

–No... creo que no –Seth estaba mirando las luces de las tiendas que había al otro lado de la calle y la farola que brillaba justo a la puerta de la galería–. Debe de ser algo que ha fundido los fusibles.

Ella emitió una risilla nerviosa.

–¡Es mi sino!

–¿Sabes dónde está el cuadro de luces?

Grace le indicó dónde estaba y Seth se dispuso a solucionar el problema. Unos segundos más tarde, las luces volvieron a encenderse, pero enseguida se apagaron de nuevo.

–¿Tienes alguna otra cosa enchufada? –preguntó.

–Sólo la nevera.

–¿Alguna cosa arriba?

–Pues la nevera...

–¿Qué? –preguntó él al ver que ella fruncía el ceño.

–Dejé el lavavajillas puesto cuando salí esta mañana. Pero debe haber acabado hace horas.

–Creo que será mejor que me dejes comprobarlo.

En cuanto abrió la puerta del apartamento, Grace notó el calor que procedía de la cocina.

Seth la miró apremiante.

–¿A qué hora dices que lo encendiste?

–Antes de irme al trabajo...

Tres pasos le bastaron para cruzar la diminuta cocina. Apagó el interruptor que había en la pared sobre la encimera, abrió la puerta del electrodoméstico recalentado y se echó rápidamente a un lado para esquivar una nube de vapor.

–Creo que no cabe duda de que los platos están limpios –se había puesto en cuclillas y tiraba de la cesta inferior. Grace miró la tela oscura de sus pantalones, que le apretaban los muslos mientras inspeccionaba el lavavajillas buscando algún posible desperfecto.

–¿Ha estado funcionando todo este tiempo? –fue una pequeña expresión de sorpresa, extraída de una garganta súbitamente seca.

–Parece que se ha bloqueado el programador –estaba volviendo a meter la cesta, pero se detuvo a mitad de camino–. Está muy vacío para un lavado, ¿no crees?

Grace hizo un pequeño gesto con los hombros.

–Lo creas o no, no me paso el día cocinando en esta casa.

–Es obvio que no. Pero eso no cambia el hecho de que no estás comiendo lo suficiente –dedicó a su esbelta figura una mirada de amonestación y a la vez de admiración–. ¿Te preocupa algo, Grace? –el sonido de la puerta del lavavajillas al cerrarse sólo se sumó a un ambiente amenazante que Grace casi pudo tocar cuando él se incorporó, así que no se pudo permitir darle una respuesta–. Vamos a tener que hacer algo al respecto, ¿no crees? –dijo él.

Consciente de que tenía la encimera justo a sus espaldas, Grace tragó saliva, sintiéndose ridículamente atrapada. La forma apasionada en que él la miraba, como si supiera que la razón por la que ella no comía ni dormía era porque él la alteraba por completo, no le dejaron dudas, después de su última pregunta, de lo que iba a hacer al respecto.

Unas de las mangas del traje se habían deslizado hacia arriba y revelaba un puño blanco e inmaculado. Los mechones sueltos que le caían por la frente. A pesar de que había intentado echárselos hacia atrás se habían curvado, húmedos por el vapor. Estaba sonrojado, despeinado e increíblemente atractivo.

–Ven aquí, Grace –le pidió en voz baja.

Capítulo 6

ELLA NO quería. Deseaba que se marchase. Pero sus ojos eran tan persuasivos como lo había sido su voz y, aunque no movió los labios, sus pies no tuvieron tales reparos.

Azuzada por un fuego interior que su masculinidad había avivado, tan esclava de su deseo por él como aquella adolescente de años atrás, avanzó hacia él, empujada por una insistencia más fuerte que su voluntad, más fuerte que todos sus instintos de supervivencia.

Cuando se encontraba tan sólo a medio paso de él, Seth extendió los brazos y curvó los dedos alrededor de su nuca, salvando esos centímetros y acercando su cabeza hacia la de él.

Sorprendentemente, rozó con sus labios la comisura de la boca de ella, con tal suavidad que ella contuvo el aliento por la exquisita ternura del gesto.

La respiración de Seth era cálida y tan suave en la curva de su mejilla que su sensualidad la hizo estremecer. Ella giró la cabeza, ansiosa por unir su boca a la de él. Seth rió suavemente, negándoselo y extrayendo de ella un sonido lastimero.

–¿Por qué tanta prisa? –le susurró él al oído, y hasta el timbre grave de su voz la excitaba, «tal y como él bien sabrá», pensó ella, entrando cada vez más en el paraíso de sensualidad que Seth le estaba construyendo.

Con una mano sobre la camisa bajo la chaqueta abierta, Grace sentía su calor y el ritmo pausado de su corazón. La otra se cerraba en la manga inmaculada, justo debajo de su hombro, hundiéndose en sus bíceps.

Ni el corte ni la elegancia de su traje podían disfrazar su fuerza latente, el poder de su cuerpo.

—Seth... —susurró cuando el deseo se convirtió en una necesidad que se extendió como un fuego, irradiando calor y tensión por sus venas.

—¿Estás suplicando? —se burló él con suavidad. Pero enseguida le cubrió la boca con la suya, la rodeó con sus brazos, la atrajo hacia la evidencia de su excitación y emitió un gemido que se perdió en aquella cálida caverna que tan apasionadamente saqueaba.

Grace tuvo que reconocer que ningún hombre la había hecho sentir así. ¡Ninguno! Sólo él. Entendió por qué todas sus posibles relaciones con otros hombres habían fracasado. Porque después de Seth, había querido sentir lo mismo con alguien más, aunque fuese sólo por una vez, y nunca lo había conseguido. Nunca, en ocho largos años.

Embriagada por el olor que desprendía su cuerpo, Grace le deslizó las manos ansiosas por el pelo y lo sujetó para prolongar el beso, deseando que no acabara nunca.

Sólo lo liberó cuando Seth recorrió con los labios la columna de su cuello, obligándola a echar hacia atrás la cabeza, mientras ella perdía el control de su cuerpo, arqueándose, rindiéndose, guiándolo por recónditos senderos para desatar un placer del que sólo él tenía la llave.

Seth le abrió la blusa, retiró el encaje de su sujetador blanco y cerró la boca sobre sus pezones erectos, desbordando su deseo en una espiral de ansia palpitante.

—Seth...

¡No podía estar haciendo aquello! Una voz frenética le repetía en su interior: «¡Te desprecia!». Pero los débiles intentos por recordárselo a sí misma se perdieron en lo que Seth le estaba haciendo. Le ayudó a desprenderse de la chaqueta y la blusa y notó cómo él le desabrochaba el botón de la falda y le bajaba la cremallera como si desnudarla fuese algo innato en él.

Seth emitió un sonido de apreciación cuando la prenda se deslizó hasta el suelo seguida del sujetador que él había desabrochado, dejando a Grace ataviada únicamente con un tanga de satén blanco y unos zapatos negros de tacón.

Grace sabía que no tardaría en arrepentirse, pero en aquel momento no le importó lo que él pensara de ella. Lo único que importaba es que estaba entre sus brazos, que estaba en brazos de aquel hombre que había nacido para ser su amante, porque, como ella admitió con dolorosa intensidad, él llevaba razón. Era el único hombre al que deseaba. El único al que había deseado siempre.

Las manos ligeramente ásperas de Seth le acariciaron los pechos, sometiendo a tormento e incitación a sus pezones erectos.

Loca por él, intoxicada de deseo, tiró de los botones de su camisa, la sacó del pantalón y le dejó despojarse de la chaqueta.

Cuando ella lo atrajo hacia él, el roce de su piel cálida y tersa la cubrió de palpitantes sensaciones.

Respirando con dificultad, Grace lo escuchó gemir de deseo y su excitación se convirtió en un calor sofocante que la mantuvo rígida mientras él se desplazaba para permitir que su lengua fuese bajando por aquel cuerpo inundado de ansia.

Seth estaba arrodillado y con largos dedos acariciaba la curva de sus glúteos, jugando con la carne suave y pálida que rodeaba los encajes negros que coronaban sus medias.

Grace se movió convulsivamente y él la atrajo para hundir la boca en el centro de su feminidad, bajo el húmedo y oloroso satén del tanga.

De pronto volvió a estar en aquella playa, paralizada por la intensidad de su propio deseo, dejando que su cuerpo se moviese a su antojo para que él dosificara el fuego que había avivado del único modo en que podía hacerse.

—Oh, Dios mío... —él se estremeció violentamente y en un instante la tomó en sus brazos y se abrió paso de forma instintiva hasta el dormitorio.

De algún modo se encontraron tumbados y desnudos. Él le acariciaba el cuerpo y sus caricias eran tan familiares para Grace como el camino a casa.

Ella se abalanzó sobre él, ansiosa porque la poseyera, pero Seth estaba dispuesto a hacerla esperar y a someterla a una experta y disoluta eternidad de preliminares, tal y como le había prometido que haría.

Mucho después, cuando ella estuvo empapada y sollozaba de deseo pensando que moriría si no la hacía suya cuanto antes, él le separó suavemente los muslos y con un caluroso embate se deslizó en la húmeda y resbaladiza calidez de su cuerpo para volverla loca con un ritmo lento y calculado.

Con ansia apremiante, ella le agarró la espalda y cerró su cuerpo alrededor del de él, estremeciéndose y retorciéndose hasta que el rápido e intenso crescendo del orgasmo la hizo gritar. Le pareció que no acababa nunca, hasta que las estocadas que la penetraban se hicieron más fuertes y apremiantes, y la calidez fluida del cuerpo de Seth estalló y se derramó en su interior, sofocando al fin el fuego de la pasión que compartían.

Pasado un tiempo, él se levantó y la miró. Los cabellos de Grace se derramaban sobre la almohada como una nube plateada. Tenía las mejillas sonrosadas y húmedas por el éxtasis que habían compartido. Sin embargo, tenía los ojos cerrados, como si no quisiera, o no pudiera, mirarle.

Maravillado ante su belleza, Seth esbozó una sonrisa por la forma en que ella le había hecho sentir, como si fuese el único hombre sobre la tierra o, increíblemente, el único que importase y, en un suspiro que pareció estremecerse en su interior, susurró:

—Mírame, Grace.

Ella lo miró a regañadientes con ojos profundos y

soñolientos tras la pasión que se había desatado, pero al detenerse en su rostro algo los ensombreció, y en tono mordaz le dijo:

—¿Para qué? ¿Para que te apuntes otra victoria?

Aquella respuesta inesperada cayó sobre él como un latigazo.

Claro. Ella no había podido evitarlo, no más que él mismo. Estaban destinados a acabar en la cama se gustaran o no. Pensó que en el caso de ella, ése «o no» estaba claro, y se burló del momento de presunción que le había llevado a imaginar que las cosas eran distintas.

¿Qué era lo que esperaba? ¿Que ella le declarase amor eterno? Su risa interior era fría y amarga. Por supuesto que no. De todos modos, a él no le hubiese agradado que lo hiciera. ¿O sí? Ese pensamiento le sorprendió. Tenía que admitir que sería un giro bastante irónico.

—Si es así como lo quieres ver... —el sentimiento de ridículo enfrió el tono de su voz—. Aunque para haber sido una persona supuestamente derrotada, la verdad es que al final parecías triunfante.

Las mejillas de Grace se tiñeron de rojo. Se preguntó cómo había podido permitir que ocurriera, avergonzada por haberse mostrado tan indefensa y suplicante. Pero pensó que eso era exactamente de lo que se había tratado todo aquel proceso de seducción y quiso hundir la cabeza en la almohada y no volver a levantarla ni para respirar.

—Supongo que no habrá ninguna posibilidad de que te quedes embarazada —la pregunta de Seth fue cortante, pragmática.

Recordando todo por lo que había pasado después del modo en que se había portado con él la primera vez, Grace cerró los ojos con fuerza y se sintió tremendamente aliviada porque al menos estaba protegida: había empezado a tomar la píldora poco antes de cancelar la boda.

De todas formas, no pudo evitar decirle:

—¿No es un poco tarde para hacerme esa pregunta?

–lo era, y él se arrepintió de no haberlo pensado antes, pero había sido porque ella lo confundió con su forma de reaccionar.

–¿Y? –fue una pregunta dura, pronunciada de forma impasible.

–No te preocupes –apartándose de él, Grace se puso en pie y empezó a buscar la bata que había dejado doblada a los pies de la cama por la mañana–. No te perseguiré con un litigio por paternidad –le aseguró mordazmente tras localizar la bata de satén sobre la alfombra–. Si es eso lo que te preocupa.

–¿He de asumir entonces que estás tomando la píldora?

Incorporado sobre un codo, se quedó allí reclinado, observándola, sin inmutarse ante su desnudez mientras ella luchaba por cerrarse la bata, avergonzada por lo que había hecho.

–¡Piensa lo que te dé la gana! –le era imposible seguir mirándolo después de que él hubiese utilizado su devastadora masculinidad para someterla, así que se giró y se dirigió al baño, sin prever la velocidad a la que él la alcanzaría y le haría darse la vuelta a medio camino.

–¿Qué intentas hacer? –sus dedos se clavaban en el brazo de Grace–. ¿Negar lo ocurrido?

¿Cómo iba a hacerlo? Todavía deseaba deslizar las manos por su cuerpo, rendirse a su calor y su fuerza con un placer sin parangón en todo el universo.

–No. Sólo intento aceptar que he sido una estúpida.

–No dejes que esto te deprima. Ese sentimiento acaba por desaparecer –y con aquel comentario mordaz se giró, dejando que ella huyera hacia el baño con el punzante recuerdo del modo en que en otro tiempo ella lo había hecho sentirse igual.

Por suerte, Seth se marchó a la mañana siguiente a los Estados Unidos en busca de nuevos clientes, lo que permitió a Grace recuperar la compostura y un poco de dignidad. No sabía cómo se habría enfrentado a él, sobre todo frente al resto de los directivos, de Simone y de otros miembros del personal, sabiendo que le había ofrecido en bandeja la conquista que él había estado planeando.

Mientras respondía al teléfono, asistía a reuniones y concertaba citas para la semana siguiente, no dejaba de preguntarse, cosa que llevaba haciendo desde aquella noche cuando, al salir del baño, había descubierto que él se había marchado, por qué había permitido que las cosas se descontrolaran entre ambos.

El día anterior, él le había mostrado su lado amable y ella se había sentido atraída por una falsa sensación de seguridad aun sabiendo lo mucho que él la despreciaba y lo poco que la respetaba. Por tanto, ella era la única culpable. Pensó que su único consuelo era que había aprendido la lección desde la primera vez y en esta ocasión el sexo entre ambos no tendría consecuencias.

Seth no regresó en toda la semana. A la semana siguiente llamó por teléfono para decir que estaría fuera del país durante el resto del mes. Sin embargo, no habló directamente con Grace, sino que le dejó el mensaje a Simone. Dolida y enfadada, Grace decidió que, dado que había conseguido todo lo que se había propuesto, la estaba tratando con el desdén que él pensaba que merecía.

La Navidad transcurrió sin que tuviera noticias suyas y ella pasó las vacaciones sola. Volvió al trabajo una lluviosa mañana de enero, sintiéndose como si fuese la única persona en Londres a quien la Navidad la había esquivado y sabiendo que Seth no volvería hasta pasada otra semana.

Y, por si no fuese suficiente, se le había retrasado el periodo.

Al principio lo achacó al estrés. Era imposible que estuviese embarazada. El destino no podía jugarle dos veces la misma pasada.

Pero, en el fondo, estaba preocupada. Estaba protegida cuando ella y Seth hicieron el amor, eso era cierto, pero la píldora que había tomado era de una dosis baja, y había tenido un problema de estómago unos días antes, lo que podía haber eliminado su efecto. No le ayudó recordar que sus reglas eran tan regulares como un reloj y sólo en otra ocasión de su vida había tenido un retraso...

A mitad de la semana, viendo que se sentía mareada y que había perdido color, decidió comprar un test de embarazo. Fue entonces, en la intimidad de la casa donde se había comportado de forma tan estúpida con el hombre cuyo único objetivo había sido hacerle pagar, cuando sus peores temores se hicieron realidad.

¡Estaba esperando un hijo de Seth... otra vez!

–¿Estás bien? –Simone miró a su jefa con preocupación de matrona al verla salir del baño de señoras que había junto al despacho de la secretaria. Había entrado corriendo hacía unos minutos con ganas irrefrenables de vomitar.

–Estoy bien, Simone –Grace rechazaba cualquier sugerencia de que no lo estaba porque no quería llamar la atención sobre ella misma o su embarazo. Pero se había mirado en el espejo del baño y le había impresionado ver lo pálida que estaba.

Al entrar en su despacho se encontró con que el teléfono estaba sonando.

–¿Cómo te va con ese monumento? –preguntó Corinne desde su yate en algún lugar de Madeira–. Y no me digas que no estás disfrutando, porque es el tipo de hombre que podría satisfacer a cualquier persona con los mismos complejos sexuales que tú.

Grace suspiró y maldijo el día en que le confió a su abuelo su falta de deseo por los hombres con los que salía.

–¿Sabías que mi abuelo conocía a Seth Mason desde

hacía años? –preguntó a la modelo, sin ánimo para mantener aquella conversación con ella–. ¿Y sabes que él hubiera hecho lo imposible por evitar que él se abriera paso a empujones hasta la directiva de la empresa?

–¿Por qué?, ¿qué es lo te hizo? ¿Es que intentó seducirte? –se echó a reír, supuestamente porque no lo veía probable. Pero había sido tan certera que Grace no pudo evitar exhalar un pequeño suspiro–. ¡Cielos! ¿Lo hizo? –Corinne era demasiado astuta como para haberlo pasado por alto–. ¡Dios mío! ¿He dado en el clavo? ¿Por eso te oponías tanto a trabajar para él? ¿Y qué es lo que hizo, Grace, te quitó las ganas de relacionarte con ningún otro hombre? –la voz de Corinne sonaba en un tono demasiado alto, demasiado triunfante–. No eres frígida, cariño. Sólo te topaste demasiado pronto con el tipo de hombre equivocado.

–A mi abuelo le habría horrorizado ver lo que has hecho. Culverwells acabará por liquidarse. Seth dice que no lo hará, pero no lo creo –y en un acceso de rabia porque no le había visto, porque no sabía dónde estaba y porque había tenido la mala suerte de concebir un hijo suyo de un hombre al que ni siquiera gustaba, le espetó–: ¡Es un usurero, arribista y un oportunista mercenario! ¡Y si lo vuelves a ver, le puedes decir que esto lo he dicho yo!

–¿Y por qué no lo haces tú misma? –la voz de Corinne se tornó de pronto sensual y provocativa–. Está aquí sentado en la cubierta conmigo. Es Grace. Creo que te echa de menos.

Avergonzada y aturdida, Grace se agarró al filo de la mesa para sostenerse. ¿Seth en el yate de su abuelo? ¿Seth estaba en Madeira con Corinne?

–Hola, Grace. ¿Va todo bien?

–¿Se lo has dicho?

–¿Decirle? –parecía sorprendido–. ¿Decirle qué?

–¿Lo nuestro? –ella se los imaginó juntos, hablando de ella y riéndose.

—¿Qué hay que decir?

—¡Por Dios santo! ¿Hace falta que te lo diga? —la estaba entreteniendo para ganar tiempo, haciendo que lo pasara mal y disfrutando de cada segundo—. Sabes perfectamente de lo que hablo.

—Venga, Grace. Ya oíste lo que dije sobre los secretos de alcoba.

—¡Oh, muchísimas gracias! —entonces Corinne no tendría duda alguna sobre lo que había pasado entre ellos—. ¡Te habrás asegurado de que se entere, si es que aún no lo sabía! Supongo que estarás satisfecho.

—No más que tú cuando intentaste convencer a Simone, y seguramente a toda la oficina, de que tenía un litigio por paternidad.

Grace se estremeció al oír esas palabras. Al final le había salido el tiro por la culata con la broma. ¡Y de qué manera!

—¿Entonces se trata de un «ojo por ojo, diente por diente»? ¿Hacer que sufra la niña mimada y creída mientras te bronceas con Corinne y te ríes con ella a mi costa? ¿Por qué no gritarlo para que te oiga la tripulación? ¿Por qué no decirle a todo el mundo lo que hicimos? ¡Eres peor que deshonesto, eres...!

—Para el carro, Grace. Corinne se ha ido abajo.

—¿Para qué? —preguntó ella lanzándole una indirecta—. ¿Ha ido a por la parte de arriba de su biquini?

—¿Crees que me acuesto con la viuda de tu abuelo?

—¿Es así como llaman a tumbarse con los pechos al aire en la cubierta de un yate? ¿O acaso ha bajado a calentarte la cama?

—¿Qué bicho te ha picado, Grace? —empezaba a parecer molesto—. ¿Estás celosa?

—¡Ja! ¡No seas ridículo! —replicó ella, sintiendo náuseas. Respiró hondo para intentar contenerlas hasta que se le pasaron—. Quizá te sorprenda saber que no me importa lo que hagas. ¡Siempre que no sea cuando deberías estar trabajando en mi empresa!

–No es tu empresa, es mía –el tono frívolo desapareció por completo de su voz–. Y te aseguro, Grace, que si estuviera ahora mismo en la oficina bajaría directamente a tu despacho y te daría unos azotes.

La rabia que recorrió la línea desde Dios sabe cuántos kilómetros de distancia se hizo palpable en el silencio que vino a continuación.

–He venido a cerrar un trato –recalcó él antes de que ella pudiese recuperar el orgullo herido y vejado para responder a su último comentario machista–. Pero volveré a la oficina la semana que viene, y entonces os dedicaré a ti y a la empresa toda la atención que necesitéis. ¿Es eso lo que querías oír?

–¿Quería?

–¿Por qué me has llamado? ¿Hay algún problema?

Intentando aclarar sus ideas, Grace recordó que era Corinne la que la había llamado a ella, no sabía bien si para ponerle celosa, o, en cierta forma sádica e inexplicable, para ver cómo reaccionaba al ver que aireaba sus sentimientos privados delante de Seth.

–Sí –dijo ella. Se sentía tan humillada que no le importó si le arruinaba la semana, porque deseaba que las cosas fuesen para él tan difíciles y dolorosas como él se las estaba poniendo a ella al estar con Corinne. Y a pesar de pensar que era imposible, porque nada podía hacerle sentirse tan dolido como se sentía ella en aquel momento, exclamó con amargura–: ¡Estoy embarazada!

Capítulo 7

EL TELÉFONO que acababa de colgar de golpe empezó a sonar de inmediato, y aun sin comprobar el número en la pantalla, Grace supo que era Seth.

Siguió sonando aunque ella no respondiese, y con tal insistencia que le rompía los nervios y le provocaba dolor en las sienes. Finalmente, dejó de sonar.

«¡Bien, que sufra!», pensó. Pero entonces el teléfono empezó a sonar otra vez.

Esta segunda vez, hubo unos segundos de silencio que inmediatamente vinieron seguidos de una llamada a su móvil, que empezó a sonar dentro de su bolso en el estante que había tras la mesa.

Agarrando el bolso, encontró el móvil con manos temblorosas y, logrando reunir una fuerza inusitada, lo apagó.

No podía ni debía darle la satisfacción de dar rienda suelta a sus frustraciones con ella. Si iba a tener que volver a sufrir por haber cometido la estupidez de acostarse con él, entonces él también iba a hacerlo. Los ojos se le habían llenado de lágrimas cuando le llegó una llamada por la línea interna.

–¿Quién es? –sabía la respuesta incluso antes de escuchar la respuesta nerviosa de la recepcionista.

–Es el señor Mason. Está al teléfono. No consigue contactar con usted en su despacho.

–Dígale al señor Mason que no contesto llamadas.

Hubo un breve instante de duda.

–No puedo hacerlo –Grace casi podía sentir el terror

de la chica al ver que se le había pedido que contradijese al nuevo director ejecutivo.

–Entonces dígale que he salido –ordenó Grace, con la boca apretada al ver el influjo de Seth sobre la que había sido la plantilla de su abuelo y luego suya.

–Tampoco puedo hacerlo –su tono de voz sonó aún más inseguro–. Sabe que no ha salido.

Sintiéndolo por la chica y sin querer ponerla en una situación incómoda, Grace agarró el abrigo y, con un resuelto «¡bueno, pues estoy saliendo ahora!», abandonó apresuradamente el edificio.

Se dijo que necesitaba salir en un intento por justificar el haberlo dejado todo y escapado de la oficina, algo que en circunstancias normales ni siquiera se le hubiese pasado por la cabeza. Pero aquéllas no eran circunstancias normales.

Todavía no había acabado de asumir su embarazo cuando Corinne la había llamado para hacer comentarios personales sobre ella delante de Seth. Sólo que Grace no sabía que Seth estaba con ella en ese momento. Hasta entonces simplemente se había estado preguntando cómo iba a decirle a él que estaba embarazada. Sintió rabia y celos al pensar en Seth con Corinne; se los imaginó tumbados en la cubierta del yate, abrazados.

¿Qué le importaba a él que ella fuese a tener un hijo suyo? Era una mujer de mundo, o eso creía. Las mujeres de mundo podían afrontar reveses de la vida tales como los embarazos no deseados, sobre todo si no estaban enamoradas del padre de sus hijos. Y ella no estaba enamorada de él, ¿verdad? ¿Cómo pudo estar con un hombre capaz de tratarla tan mal y que estaba dispuesto a hacerle pagar a toda costa el modo en que lo había tratado siendo una adolescente consentida?

No era una mujer de mundo. Tendría al niño y cargaría con las consecuencias. Sólo que iba a resultar muy humillante en lo referente a Seth.

No había llamadas para ella cuando regresó a la oficina con un enorme dolor de cabeza e inmersa en un torbellino de emociones. Le sorprendió descubrir que, al menos, Seth no había vuelto a llamar. Pensó que quizá había renunciado a localizarla y se había dedicado a disfrutar con Corinne, aunque no le hacía sentirse mejor imaginárselo sufriendo por lo que le había dicho. ¡Porque si tenía conciencia alguna, debía estar haciéndolo! Y seguramente en privado, porque no podía imaginar ni por un momento que se lo hubiese contado a Corinne.

Quizá lo había hecho.

Puede que hubiesen seguido hablando de ella después de la llamada. Incluso puede que él se estuviese consolando en sus brazos.

¿Le haría el amor a la modelo y se olvidaría de su error con Grace hasta que regresara a la semana siguiente? ¿No sería este embarazo no planificado su venganza final?

Lágrimas de rabia asomaron a sus ojos mientras la cabeza le seguía martilleando. A última hora del día, Simone, consciente de que su jefa no andaba muy bien, entró en el despacho para ayudarle a buscar un archivo que había perdido.

Cuando el teléfono vibró sobre la mesa y Simone hubo contestado a la llamada, le susurró asombrada:

–Es Seth. Y está de muy mal humor.

–Mala suerte –respondió Grace cansinamente desde el archivo, todavía dispuesta a no hablar con él–. Hablaremos cuando regrese.

–¡Puedes estar segura!

Las cabezas de ambas mujeres se giraron hacia la implacable autoridad que se había presentado en la puerta. Su inflexible masculinidad sólo se vio acentuada por la lividez de su rostro airado al decir:

–¡Simone, sal! ¡Ahora mismo!

La secretaria no esperó a que se lo dijese por segunda vez.

El estado de ánimo de Grace no era distinto del de Seth y, dispuesta a que no lograse intimidarla, le espetó:

–¡No te atrevas a volver a entrar aquí a hablarme a mí o a mi secretaria de esa manera!

–¡Y tú no te atrevas a soltarme una bomba como la del final de nuestra conversación de esta mañana y creas que después me puedes colgar el teléfono como si tal cosa!

–¿Por qué no? ¿Te cortó los vuelos con Corinne? –él estaba lívido de ira, pero ella también estaba enfadada. Muy enfadada–. ¡Bueno, siento mucho haberte separado de una compañía tan adorable!

Estaba a punto de llorar, pero luchó por contener las lágrimas. Se percató de que Seth había utilizado el jet para volver a toda prisa. Seguramente lo había pilotado él mismo, porque recordaba que su secretaria le había dicho que era un piloto experimentado.

Él pasó enojado junto a ella y descolgó su gabardina de la percha.

–Toma, póntela. Nos vamos.

Ella obedeció porque la cabeza le dolía demasiado como para ponerse a gritar en el despacho, y porque una mano que la asía del codo la empujaba hacia la puerta.

–¿Dónde me llevas?

–A un sitio donde podamos estar solos.

Cada una de las células de su cuerpo se rebelaban contra él, pero su corazón latía con tales expectativas que se sintió desesperada consigo misma.

Con la mandíbula rígida, Seth llamó al ascensor y sin decir una palabra la sacó del edificio y la condujo hasta el Mercedes.

–¿Dónde vamos? –preguntó ella–. ¿Qué te hace pensar que puedes irrumpir en mi oficina y ponerte a intentar controlar mi vida?

–Creo que eso es algo obvio. Vas a tener un hijo mío. Y aunque pueda ser la última cosa que tú o cualquiera de los dos hubiésemos querido, creo que eso me otorga ciertos derechos.

¡No podía haberlo dicho más claro!

–Lo siento –dijo él, pero fría y lacónicamente, consciente del dolor del rechazo en el rostro tenso de Grace–. De veras creí que estabas tomando la píldora. Fue un error por mi parte asumirlo.

–Sí, lo fue –respondió ella con los ojos fijos en el reposacabezas que tenía frente a ella. Si él también hubiese usado protección, aquello nunca habría pasado.

–¿Y acaso tú no tuviste nada que ver? –la desafió él antes de que pudiese explicarle que no era tan irresponsable como él creía–. ¿No eras tú la que se estremecía de placer y sollozaba debajo de mí en la cama?

Sonrojada, Grace lanzó una mirada a la nuca del chófer que conducía al otro lado de la pantalla de cristal, agradecida de que no pudiese oír lo que estaban diciendo.

–No sé por qué te enfadas tanto. De todas formas, estaba tomando la píldora, o se supone que lo estaba.

–¿Pues qué ocurrió entonces? ¿Olvidaste tomarla o algo así?

–¡No lo olvidé! Tuve problemas de estómago justo antes de que nosotros... –no pudo decirlo. Y dado que su actitud y su insinuación de que todo había sido culpa de ella sólo le hacían sentirse peor de lo que ya se sentía, le contestó airada–: No estoy más contenta que tú con todo esto. Y siento si ha arruinado tus planes con Corinne, pero no tienes que preocuparte, no tengo intención de cazarte.

–¿Por qué no te callas? –fue una orden suave pero contundente–. ¡Por Dios bendito! ¿Es que no puedes dedicarme una sola palabra amable a menos que te bese?

–Juré que nunca me quedaría embarazada...

Estuvo a punto de decir «otra vez», pero se contuvo a tiempo, tapándose la cara con las manos con un suspiro de exasperación.

–Estas cosas pasan.

—A mí no —inspirando profundamente, Grace se dejó caer hacia atrás, cerrando los ojos a la verdad.

Porque la verdad es que le había pasado. Dos veces. Dos veces en su vida había pasado por lo mismo con un hombre, y sólo uno. Y dos veces en su vida había concebido, como si algo más fuerte que ella misma se hubiese empeñado en que ella fuese fecundada por su semilla. Como si su misión en la vida fuese ser la madre de su hijo.

—Supongo que todas las mujeres que se encuentran en la misma situación sin quererlo dicen lo mismo.

«Sí, pero no son mujeres que van a tener un hijo con un hombre al que ni siquiera gustan. Hombres cuya única razón para hacerles el amor es la venganza».

Viendo la tensión creciente en el rostro de Grace, Seth se percató de que todo aquello había sido un golpe terrible en ella, del mismo modo que para él había sido una tremenda impresión. Se le veía igual que la noche en que habían hecho el amor y él le había preguntado si había posibilidad de que quedase embarazada, como si tener un hijo de él fuese lo último en lo que pudiese pensar. Cosa seguramente cierta.

Dadas las personas prominentes con quienes había tenido relaciones y la forma en que lo había tratado en un principio, él creía que para una chica como ella los hombres eran un simple divertimento, pero en eso, al menos, estaba empezando a darse cuenta de que estaba equivocado. Las cosas que Corinne había dejado caer sobre ella le habían sorprendido, incluso aun cuando sospechaba que las había revelado sólo para reducir el posible atractivo que su nietastra pudiese tener para él y hacer que el suyo aumentase.

Pero el efecto había sido el contrario. Saber que podía convertir a la altiva hechicera que abandonaba a los hombres como pasatiempo, y que realmente era tan fría como el invierno siberiano, en un cúmulo de pasión tórrida y sensual, le había provocado un satisfacción vergonzosa y machista. Sumido en un torrente de hormonas masculinas que acrecentaron su libido se preguntó hasta qué punto era maleable en sus manos. Porque sin duda ella le hacía sentir cosas que nunca antes ninguna otra mujer había logrado que sintiera.

Sólo con pensar en la forma en que había reaccionado en la cama ardió de deseos de volver a sentir las uñas de Grace clavándose en su espalda, de hacerle gritar su nombre y sólo el suyo mientras se hacían enloquecer hasta quedar saciados. Su pasión no se enfrió cuando se dijo a sí mismo que se encontraban en esa situación porque sus hormonas se alteraban en todo lo que a ella respectaba. Pero la realidad es que estaba embarazada...

–Bueno, después de lo que le oí decir a Corinne por teléfono... –empezó, con la voz cargada de deseo– creo que está claro que no tengo que preguntarte si el niño es mío, ¿verdad?

El Mercedes giró abruptamente a la izquierda y lanzó a Grace hacia el regazo de Seth. La vergüenza y la humillación se abalanzaron sobre ella como llamas airadas que abrasaban su orgullo.

–¡Canalla! –alzó la mano automáticamente pero enseguida se encontró con una más fuerte antes de que pudiese alcanzar su mejilla.

Hábilmente, Seth la aprisionó contra la tapicería de piel.

–Lo creas o no, pretendía ser un cumplido.

–¡Un cumplido! –exclamó en un chillido mientras la excitación se apoderaba de ella y sus sentidos se agudizaban ante el peso del cuerpo de Seth. Intentando recobrar la calma, pensó que, si él llegaba a saber que era el único amante que había tenido, sólo conseguiría alimentar su ego. Y entonces ella estaría perdida y él haría todo lo que quisiera, porque ella no podría defenderse de su magnetismo sexual.

–No creas todo lo que te dice Corinne –dijo Grace con voz trémula porque él la seguía sujetando. La mantenía atrapada como si pensara que iba a huir en cuanto la liberase. O puede que simplemente le gustase tener el control...

Grace se retorcía porque necesitaba reivindicar el dominio de sus propios actos, pero él se limitó a reír ante sus inútiles esfuerzos.

–No lo haré, si tú prometes que tampoco –dijo él, y la soltó.

–¿Tampoco qué?

–Tampoco creerás todo lo que dice Corinne Culverwell.

Era un tono muy poco elogioso para una mujer con la que supuestamente había compartido un tiempo de pasión sin límites. Entonces ¿qué era lo que estaba insinuando? ¿Qué realmente había ido a Madeira a cerrar un trato tal y como le había dicho por teléfono aquella mañana?

El Mercedes se detuvo y Seth la ayudó a salir del coche. Un momento después la estaba guiando a través del vestíbulo de uno de los bloques de apartamentos más exclusivos de Londres. Aquel lujo no era nuevo para Grace, pero sin duda el joven de la motocicleta que había logrado salir prácticamente de la indigencia había tenido que pelear duro para alcanzar ese nivel de vida: los coches, el avión, el poder. Ella no pudo evitar sentirse impresionada y un poco intimidada por la fuerza y determinación que debía de tener para haberlo conseguirlo.

Sin embargo, después de subir en un ascensor de espejo y entrar en una lujosa suite situada en la última planta del edificio, susurró:

–¿Intentas impresionarme, Seth? ¿Qué es lo que quieres demostrar? ¿Que has sabido forjarte una posición?

Torciendo la boca, le indicó con un ademán que pasara a una enorme habitación con sofás blancos y vistas panorámicas de la ciudad, que a aquella hora del día era un universo de luces centelleantes.

–Creo que no necesito hacerlo. Dejo las demostraciones para los abogados y para aquéllos cuyo trabajo consiste en proporcionarnos el pan diario. Pero sí, he sabido buscarme la vida.

–Y estás alardeando a más no poder –pero el comentario hizo que torciese el gesto, y ella se dio cuenta de que lo que acababa de decir no era del todo cierto. Aunque el suntuoso salón donde él la estaba invitando a sentarse estaba muy bien amueblado, no resultaba recargado y desprendía un aire de discreta elegancia, tan novedosa como de buen gusto.

–¿Qué preferirías, Grace, que fuese pobre y estuviese totalmente a tu merced?

Ella cerró los ojos con fuerza y se hundió en la suavidad de los cojines del sofá. ¿Es que siempre iba a atacarla con lo mismo? Y tampoco ayudaba el hecho de que sentía la cabeza como si se le fuese a partir en dos.

El tono duro de su voz, sin embargo, le hizo preguntarse si él había querido decir «sentimentalmente a su merced», pero se dio cuenta de que pensar así era peligroso. Seth Mason era un hombre rudo. Se refería únicamente a quedar a merced de las circunstancias a las que le habían llevado a entablar una relación con ella.

–¿Y crees que dejándome embarazada me tienes a tu merced?

–No lo estás, Grace. Estás a merced de tu incapacidad para resistir lo que sea que haya entre nosotros. Al igual que yo. Y en este momento, es cierto que llevas dentro un hijo mío. Pero no te preocupes. La situación se puede solucionar fácilmente.

Ella se levantó de un salto y deseó no haberlo hecho, porque sintió como si la cabeza le acabara de explotar. Aun así, aquello no le impidió responderle:

–¡Ése es el tipo de razonamiento que esperaba de ti! Si crees que voy a tomar el camino más fácil porque no soportas pensar que tu enemiga, que es el término que utilizaste cuando llegaste a la empresa, va a tener un hijo tuyo, tendrás que asumir otra cosa. No quiero nada de ti excepto que reconozcas la paternidad de este bebé. Puedes salir con quien te plazca, siempre y cuando haya ese reconocimiento. A mí me da igual.

–Al contrario –avanzó lentamente sobre el suelo impoluto con pasos medidos, como los de un depredador–, me satisface mucho que estés embarazada.

Grace había esperado de todo menos esa afirmación.

–¿Por qué? –preguntó cautelosa–. ¿Porque piensas que para los Culverwell será un duro golpe tener que reconocer a tu hijo como miembro de la familia?

Se refería al deseo que Seth había albergado de vengar a su familia por la forma en que ésta había sufrido. Pero se dio cuenta tarde del modo en que habían sonado sus palabras, como si estuviese mancillando la sangre de su familia con el dudoso origen de la de él.

A Seth le ardieron los ojos de indignación por un momento, pero luego los cerró y con un gesto de satisfacción dijo:

–Si le afecta especialmente a esa conciencia de clase a la que obviamente sigues aferrada, sí, no puedo negar que es un giro del destino bastante irónico, ¿no te parece?

Porque Grace sabía que él odiaba el esnobismo tanto como ella en ese momento, aunque sabía que nunca lograría convencerle de esa verdad ni en un millón de años.

–Y obtendrás algo de mí, Grace. No te estoy pidiendo que tomes el camino más fácil. De hecho te prohíbo terminantemente que hagas cualquier cosa que pueda dañar a nuestro hijo. No, vamos a asumir la responsabilidad de la vida del pequeño, juntos. Y eso pasa por una licencia de matrimonio.

–¿Licencia de matrimonio? –ella lo miró fijamente, con los ojos muy abiertos, y le pareció que su corazón se detenía–. ¿Hablas en serio?

–Créeme, nunca he hablado tan en serio sobre nada

en mi vida. De ninguna manera permitiré que un hijo mío viva sin la compañía cercana de su padre.

–Como fue tu caso.

–Y el tuyo, según tengo entendido. Después de que Corinne me dijera que tu padre te abandonó, me sorprende que te plantees siquiera negar ese derecho a tu hijo.

Ella nunca habló con Corinne de su padre, así que seguramente ella había obtenido esa información de Lance Culverwell.

–Al parecer, vosotros dos habéis tenido una buena charla sobre mí, ¿verdad? –le acusó ella, dolida.

El rostro de Seth lo dijo todo. La viuda de su abuelo era lo suficientemente charlatana como para no necesitar que él le sonsacara nada.

Sorprendentemente y a pesar de todo, la intuición le dijo a Grace que Seth Mason no era persona de chismorreos, y aquello le llevó de nuevo a pensar que sus tratos con Corinne eran estrictamente profesionales.

–Lo que sí es cierto es que tu padre te abandonó, y por las circunstancias que fuesen apenas estuvo presente en tu vida. No dejes que a tu hijo le pase lo mismo.

A ella le dolía tanto la cabeza que empezó a sentirse mal. No tenía fuerzas como para hablar con él de ese tema.

Intentando asumir lo que él le acababa de proponer e incapaz de creérselo, respondió rápidamente:

–Hoy en día una madre soltera es capaz de manejarse perfectamente.

–La decisión es tuya, pero me gustaría pensar que no serías tan egoísta.

Y decía aquello cuando estaba dispuesto a casarse con una mujer a la que no amaba por la protección y el bienestar de su hijo.

–Me haces sentir como si no tuviera otra opción –susurró ella al tiempo que sentía que unas hebras de seda tejían lenta e insidiosamente una red a su alrededor.

–Puedes elegir. Sólo te estoy pidiendo que tomes la decisión correcta –unos pocos pasos lo acercaron a ella hasta situarse a una distancia de infarto–. Oh, venga, Grace –su voz era suave, profunda, como la del ronroneo de un gato–. No será tan malo –le alzó la barbilla con cariño para obligarla a mirarle a los ojos–. Puede que no sea el tipo de abogado-médico-contable con el que siempre soñaste –«¡Como si fuera así!», pensó ella al borde de la histeria–. Pero compartimos algo por lo que cualquier tipo de unión entre ambos jamás será tediosa.

Se refería al sexo.

Una oleada de excitación se apoderó de Grace, una traición silenciosa de lo que su cuerpo deseaba, o más bien necesitaba de él, por mucho que su cerebro intentara negarlo.

La impresión y las emociones fueron demasiado para ella en su estado. La habitación empezó a tambalearse ante sus ojos y dejó caer la cabeza entre las manos con un gemido involuntario, intentando contener las náuseas.

Escuchó la maldición que Seth murmuró y no pudo hacer nada para resistir los brazos que la levantaron sin esfuerzo.

–¿Por qué no me has dicho que te encontrabas mal? –le regañó.

Pegada a su cuerpo cálido y fuerte, recorrida por miles de sensaciones, Grace consiguió esbozar una leve sonrisa.

–Es que sólo parecía importarte lo que iba a ocurrir con tu bebé.

–Lo creas o no, también tengo un interés personal por su madre.

La transportó a través del lujo sobrio del dormitorio principal. Comparado con el de Grace, aquél era un santuario de la modernidad, desde la tupida alfombra a la enorme cama con los cojines y cobertores que apartó antes de dejarla sobre las sábanas burdeos que cubrían el colchón.

La ayudó a quitarse el abrigo y la chaqueta y luego se agachó para quitarle los zapatos. Reposó su cabeza en la almohada y la cubrió con el edredón.

—Si necesitas cualquier cosa, estaré en la habitación de al lado —el grado de solicitud que escondía la frase provocó que a Grace se le hiciese un nudo en la garganta.

Había dicho «un interés personal», pero sólo porque iba a tener un hijo suyo. Ella no le importaba, así que no tenía sentido que imaginara que su voz expresaba una profunda emoción. No obstante, pensó que por mucho que él hubiese querido hacerle daño a ella y a su familia, no había duda de que aceptaría su responsabilidad como padre. Pero ¿estaba preparada para dejar que él criase a su hijo? ¿Y para casarse con él? La aprensión y la excitación que sintió al mismo tiempo impedían que amainasen las dolorosas punzadas de su cabeza.

Si no lo hacía y decidía seguir adelante sola, era inevitable que su hijo viera a su padre de forma regular; Seth reclamaría ese derecho, por supuesto, y ella no intentaría impedir que viese a su hijo por mucho que le doliese tener que verlo de vez en cuando, porque no se veía capaz de seguir trabajando con él después de lo sucedido. A su hijo nunca le faltaría de nada en términos económicos. ¿Pero era eso suficiente?

Ella recordaba muy bien su infancia. Sus abuelos habían sido maravillosos, le habían dado todo lo que pudiese desear. Pero a veces había echado de menos la diversión y las actividades que sus compañeras de clase compartían con sus padres. Padres que siempre estaban allí y no desaparecían durante meses, incluso años. Había añorado tener una madre, ya que la suya había fallecido durante el parto al nacer ella, pero había echado de menos a su padre más de lo que podía expresar con palabras, porque sabía que estaba en alguna parte. Pero no con ella. Y eso le dolía más de lo que se había atrevido a aceptar.

Le debía a su hijo una familia equilibrada y feliz. Y si, cruzaba los dedos, el pequeño que crecía en su interior no se malograba y nacía sano y salvo...

El miedo la inundó como un espectro sombrío, pero ella lo contuvo. No podía, no debía pensarlo en ese momento, por la misma razón por la que no había sido capaz de decirle a Seth lo que le había pasado años atrás. Era una parte de su vida de la que no se sentía especialmente orgullosa y ya había pagado por ello. Lo ocultó de tal manera en el fondo de su cabeza que fue como si aquella niña que había sido y todo lo que le había pasado le hubiese ocurrido a otra persona. No iba a ayudarles a ninguno de los dos escarbar en lo sucedido.

Así, escuchando la voz apagada de Seth hablando de negocios por teléfono en la otra habitación y embriagada por el olor de su cuerpo presente en la ropa de cama, tomó una decisión, respaldada por el convencimiento de que fueran cuales fueren los sentimientos de Seth hacia ella, estaría siempre presente para amar y cuidar a su hijo. Y se dijo, convencida, que eso era lo único importante.

Capítulo 8

GRACE JUGABA distraídamente con la fina banda de oro que rodeaba su dedo, contemplando cómo refulgía bajo el sol del Mediterráneo.

—¿Qué ocurre, señora Mason? ¿Todavía le cuesta digerirlo? —apoyado sobre un codo en la cubierta de su yate, en bañador y con el cuerpo bronceado cubierto de aceite, Seth miraba hacia donde ella estaba tumbada al sol, en una colchoneta, a su lado—. Quizá sea mejor que te proporcione otra dosis de algo que te ayude a asumirlo con mayor facilidad —sus ojos brillaban maliciosos mientras se inclinaba hacia ella y el pelo le caía hacia delante—. O a animarte —le susurró al oído de forma tentadora con el fin de excitarla para bochornoso deleite de ella, tal y como llevaba haciendo los cinco días anteriores.

Grace todavía no podía creer que habían transcurrido menos de siete semanas desde la tarde en que él le había pedido que se casaran hasta estar allí tumbada con él llevando únicamente la parte de abajo del biquini. Era incapaz de cansarse de las manos y los labios de Seth sobre su cuerpo y sus pezones se endurecían pensando en aquella terapia espacial. El lugar escondido en la cima de sus muslos se contraía, ardiendo por él, porque no habían hecho el amor al menos en las últimas dos horas.

Cuando ella se colocó boca abajo para que no reconociese el deseo en su rostro y la traición de su cuerpo vergonzosamente excitado, él se echó a reír y le trazó una línea con el dedo por la espalda, haciendo estragos en ella al acariciar cariñosamente sus glúteos.

—Creo que no puedes fingir modestia después de todo lo que hemos hecho —susurró él socarronamente en su nuca, lo que provocó un estremecimiento de placer en Grace que sacudió su cuerpo, todavía esbelto, al pensar en las intimidades que habían compartido desde la noche de bodas: la forma en que él le había enseñado a complacerle, las cosas que nunca imaginó que haría a ningún hombre y que al mismo tiempo le habían provocado a ella tanto placer.

—Será mejor que te quites esto por el momento —le aconsejó él mientras le quitaba la parte inferior del biquini.

Expuesta, al alcance de sus manos y sus ojos, se retorció bajo él como una potrilla y gimió con la cabeza hundida en la almohada, emitiendo un sonido de placer y rendición. Su excitación fue en aumento cuando él le dijo:

—Lo siento, olvidé lo reacia que eres a hacer esto conmigo —y le hizo girarse y tumbarse boca arriba para aceptar su destino.

Mucho más tarde, tumbados a oscuras en la cama del camarote después de una larga noche de amor, Grace se maravilló del control férreo que Seth había llevado desde las semanas previas al matrimonio, y a partir de éste se había mostrado no sólo como un amante sensacional, sino también insaciable.

Tras acceder a convertirse en su esposa, pero alegando que lo hacía por el bien de su hijo para que él no supiese sus verdaderos sentimientos, había decidido negarse a vivir con él antes de la boda si él se lo pedía. Pero no lo había hecho. Ni siquiera había intentado acostarse con ella.

Puede que estuviese ocupado despidiéndose de su soltería y de las mujeres que habían aparecido en su vida. «Como Corinne», pensó apenada. Pero entonces se había negado a pensar en cualquier posible relación entre

Seth y la hermosa viuda de su abuelo, y se negaba a hacerlo en ese momento.

Todavía no estaba totalmente segura de si Corinne Culverwell era algo más que una socia, como Seth había dicho que era, aunque la razón que había dado para explicar su presencia en el yate de Corinne aquel día en Madeira se había confirmado unos días más tarde durante una llamada que ella había recibido de uno de sus colegas. Le había repetido lo mismo que Seth le había dicho, que sólo había ido a verla para atar unos cabos sueltos que quedaban con la venta, ya que él volvía de las islas Canarias, donde había pasado la Navidad y el Año Nuevo con su familia y Madeira se encontraba relativamente cerca. En cuanto a alguna intimidad que pudiese haber compartido con anterioridad con la modelo, Grace no tenía intenciones de seguir indagando. Porque si lo hacía, él podía descubrir la verdad: que su flamante y reacia esposa estaba enamorada de él. Y eso era peligroso para ella, porque sabía de sobra que él no se hubiese casado con ella de no estar embarazada.

Y en cuanto a la forma en que se comportaba con ella en la cama...

Bueno, sólo se estaba comportando del modo en que un hombre sano, fogoso y en forma se comportaría con cualquier mujer razonablemente guapa que le permitiera acceder a su cuerpo. Pero en el fondo estaba empezando a darse cuenta de que Seth era tan esclavo de su deseo por ella como ella del suyo por él.

Además, en público se mostraba también muy atento, casi posesivo, algo que Corinne le había comentado durante la boda.

—Sabes lo mucho que tendrás que hacer para complacer a un hombre como él, ¿verdad? —el bello rostro de Corinne reflejaba los celos que inútilmente intentaba ocultar. Grace casi sintió lástima por ella—. Creo que igual has abarcado más de lo que puedes, cariño. Ya se está comportando como si le pertenecieras.

−¿De veras? –había preguntado Seth al oírla. Había dejado al grupo de invitados con los que hablaba para deslizar el brazo alrededor de Grace y tomar la mano que portaba su nuevo y flamante anillo.

A Grace le había preocupado que hubiese algo más tras esa pregunta supuestamente burlona. Una arrogancia que presumía de tenerla donde quisiera: él era su jefe en el trabajo y ella su futuro juguete en la cama.

A pesar de todo, había sido un día bastante agradable. A petición de Grace y en vista del poco tiempo que habían tenido para prepararlo todo, la boda había sido muy íntima, lejos de los ojos de la prensa. Sólo habían acudido amigos muy cercanos y miembros de la familia, y los testigos habían sido Beth y un viejo amigo de Seth. La fiesta había sido muy sencilla, en el patio de un hotel del West End.

−Grace, creo que es hora de que conozcas a mi madre.

Con el corazón en un puño, Grace dejó que Seth la condujese hasta una mujer de pelo cano. Tenía aspecto cansado, aunque andaba muy erguida, y llevaba un vestido verde musgo. Junto a ella la esperaba una mujer mucho más joven y de pelo cobrizo. Seth no se había dignado a llevarla a conocer a su madre adoptiva las semanas previas a la boda y a Grace no le costó entender el por qué: era la mujer que había cuidado de él desde que era adolescente hasta que tuvo que marcharse de casa cuando Lance Culverwell hizo que lo despidiesen del varadero. Por culpa de Grace y el modo en que había engañado a Seth, seduciéndolo prácticamente en la playa y concibiendo un hijo sin que él lo supiera, su abuelo le había hecho pagar. Usó sus influencias para aplastarlo, privarle de su medio de vida, dividir a su familia y provocarles penurias innecesarias cuando Seth dejó el pueblo para intentar encontrar trabajo en otro sitio. Pero Nadia Purvis, que era como fue presentada a Grace, no podía haber recibido a la esposa de su hijo con un saludo más cariñoso. Besó a su nuera en ambas mejillas y le dio la bienvenida a la familia, lo cual tranquilizó a Grace al instante.

–Siento no haber podido conocerte antes –le dijo su suegra–, pero he estado viajando por Canadá y las Rocosas, un regalo de cumpleaños de Seth –miró con gratitud e inmenso orgullo al hombre al que en otro tiempo proporcionó un hogar y, como Grace bien sabía sin que nadie se lo tuviese que decir, muchísimo amor–. Era un cumpleaños especial –sus ojos cansados brillaron de alegría al volverse hacia Grace, y su comentario hizo reír a todos cuando añadió–: Pero no diré cuántos cumplí. Acabamos en Nueva Inglaterra visitando a Alvin...

–Mi hermano gemelo –dijo la beldad de pelo largo que había estado esperando pacientemente junto a ella–. Estudia allí en la universidad. Se supone que somos idénticos, pero me alegra decir que, por suerte, no lo somos en todo.

Grace volvió a reír, al igual que ellas. Calculó que la chica no tendría más de veinte años.

–Por cierto, me llamo Alicia.

Aceptando la mano que se le tendía, Grace se inclinó para besarla.

–Hola, Alicia –y conforme se le fueron viniendo los recuerdos a la cabeza, dijo en voz baja sin darse cuenta–: ¿No eres tú...? –pero logró callarse a tiempo.

Claro. Aquel día de hacía tantos años. Tomados de la mano y saciados de amor, había ido con Seth a una pequeña casa al borde del bosque. Ella no había entrado. Él sólo la había llevado allí para llevarla de vuelta a casa en la moto. Pero mientras se ponía el casco, una niña había salido corriendo de la casa. Una niña en pijama que había rogado a Seth que la llevase a dar un paseo y cuyos rizos él había despeinado antes de pedirle de forma amable pero firme que volviese a entrar en casa.

Sorprendentemente, al parecer Seth no le había contado a su madre quién había sido la responsable de que perdiera su trabajo en el varadero, y ella se lo agradeció en secreto. Pero aquello sólo confirmaba lo que siempre había mantenido: que no era su estilo contar secretos de alcoba. Incluso humillado y desmoralizado, no se había rebajado a mancillar su nombre ni el de su familia, sino que había guardado tanto el secreto como su intención de hacérselo pagar algún día...

–Eres la hermana de Seth –acabó la frase, corrigiendo lo que iba a decir antes, y suponiendo que la palabra «hermanastra» había desaparecido de su familia hacía mucho tiempo.

–Y la pequeña de la familia –añadió Seth–, ya que nació quince minutos después de su hermano. Es por tanto la niña mimada.

–Pero no por ti –sus grandes ojos castaños brillaron maliciosamente ante el hermano mayor, al que obviamente adoraba y que había pasado con ella la mayor parte de su infancia. Grace calculó que los gemelos tenían unos dos años cuando Seth entró en sus vidas–. Aunque ha dicho que me va comprar un BMW descapotable si apruebo los exámenes. Estudio decoración.

–No he dicho nada parecido –negó Seth, sin dejar de sonreír, acostumbrado a los ardides de Alicia para intentar llevarlo a su terreno.

–Y mejor será que apruebes, jovencita –le advirtió su madre–, después de lo que le está costando mantenerte en esa universidad.

Grace volvió a reír. Le gustaba la hermana de Seth, le gustaban todos, y deseó con todas sus fuerzas que aquel matrimonio estuviese basado en el amor, la confianza y el respeto. Pero un intercambio de miradas con su marido sólo le mostró, en la profundidad de sus ojos, un deseo ardiente por ella.

–Siento que mi hijo menor no haya podido venir –le decía Nadia a Grace–. Pero también está en época de exámenes. Me ha encargado que os pida disculpas en su nombre.

También había enviado esa misma mañana un ramo enorme de rosas y un telegrama de felicitación.

Simone se les unió con su marido el contable, rompiendo la intimidad del grupo, y al rato Alicia tomó a Grace del brazo y le preguntó por la galería. A Grace le encantó descubrir que compartían gustos muy parecidos en lo referente al arte.

Después de cortar la tarta y de que el padrino de Seth hiciera un brindis, Seth había llevado a Grace al aeropuerto, desde donde habían volado hasta una isla del Mediterráneo para iniciar una luna de miel de tres semanas.

–Pensé que esto sería más de tu gusto que aquel pequeño barco con el que creí erróneamente que podía cortejarte –comentó él conforme la conducía al lujoso salón del yate, donde les esperaba una cena con champán. Pero su tono había sido cínico, así que ella respondió con un tinte un tanto defensivo en la voz.

–La verdad es que me encantaba aquel velero. Era auténtico. Sencillo –no como aquel templo flotante a la riqueza y el éxito que anunciaba voz en cuello su poder y su influencia, además de ser más grande y lujoso que nada de lo que jamás había poseído su familia.

–¿Sencillo? –su risa expresaba algo no muy lejano al desdén–. Supongo que, aquel día, algo debía de serlo.

–Quería decir sin pretensiones –intentó explicar Grace, para evitar que el rencor que todavía guardaba Seth en su interior saliera a la luz y les estropeara el día. Sin embargo, su voz expresó sin querer que se arrepentía, y se dio cuenta de que se lo estaba haciendo saber con un retraso de ocho años.

Regresaron a Inglaterra y se mudaron al apartamento de Seth un día soleado de primavera. Habían limpiado y aireado el lugar y sobre la mesa del comedor había un jarrón de cristal con un ramo de bienvenida, de Nadia.

Entre el correo había también una tarjeta de los gemelos y Grace se percató con una sonrisa de que, a juzgar por el matasellos, había sido escogida, firmada y enviada por Alicia. Hasta Corinne llamó para darles la bienvenida, pero eso fue a la noche siguiente, porque había olvidado el día en que se suponía que iban a regresar.

–¿Y cómo está mi nietastra? –preguntó con su acento inglés perfecto en exceso y luego se estremeció de forma audible–. ¿No odias cuando la gente utiliza esos términos para referirse a nosotras? Yo sí. Me hace sentir muy... vieja –anunció. Y sin esperar respuesta de Grace siguió preguntando–: ¿Y cómo está esa maravilla de marido que tienes?

–En forma –respondió Grace, sonriendo para sus adentros. Una vez que arrancaba, Corinne era como un tren fuera de control–. ¡Y asquerosamente moreno! No está en casa ahora.

–¿Cómo, ya?

Grace suspiró para sí misma, preguntándose por qué siempre acababa deseando no haberle dicho a Corinne cosas sobre las que pudiese saltar de inmediato.

–Está un una reunión de una de sus empresas. Una emergencia o no sé qué.

–Y obviamente llevas muy poco tiempo casada como para preguntarte si le has creído. Debo admitir que nunca imaginé a un hombre como Seth Mason atado a una mujer. Sobre todo después de lo que me dijo, no hace mucho, cuando le pregunté si sentaría cabeza con alguien alguna vez.

–No me digas... ¿te dijo que no?

–No. Se limitó a decir que, si alguna vez se casaba con alguien, sería por mutuo beneficio.

Grace se estremeció mentalmente.

–Entonces, se mostraba cínico con respecto al matrimonio. Hay mucha gente así.

–Puede ser. ¿Quién sabe lo que se esconde en la

mente de un hombre? Sin embargo, creo que tú formabas parte de ese plan a largo plazo.

—¿Plan? —Grace estaba empezando a sentirse incómoda.

—Oh, venga Grace, eres un premio para cualquier hombre. No lo dudes. Sobre todo para alguien que ha prosperado desde la nada. Ha sido muy inteligente por su parte dejarte embarazada para que te casaras con él. Porque está claro que no le gusta perder el tiempo, ¿no crees?

—¿Qué es exactamente lo que intentas decirme, Corinne? —Grace agarraba el teléfono con tal fuerza que los dedos empezaban a dolerle—. ¿Estás acusando a Seth de seducirme a propósito para...? —las dudas empezaron a asaltar su mente. Dudas estúpidas, pero dudas al fin y al cabo.

—No le estoy acusando, pequeña inocente —Grace se encogió al escuchar las expresiones de condescendencia que tanto le gustaba usar a Corinne siempre que se dirigía a ella—. Le estoy aplaudiendo. Estoy segura de que está locamente enamorado de ti, pero tienes que admitir que tener a su lado a Grace Tyler le beneficiará socialmente.

Grace estaba segura de que Corinne sólo decía esas cosas porque sentía celos de ella. Después de todo, Seth Mason lo tenía todo: imagen, dinero, poder, mientras que Corinne había tenido que conformarse con un hombre que le doblaba la edad para conseguir la clase de vida que ansiaba disfrutar.

—Seth no necesita la ayuda de nadie para llegar a donde quiere llegar —cortó Grace, para convencerse a ella misma tanto como a Corinne—. Y no tiene ningún interés en ascender en la escala social. Odia esa clase de esnobismo.

—Eso decimos todos, pero surge la oportunidad y... —Grace casi podía ver el gesto expresivo de la mujer—. Y tú lo acusaste de ser un oportunista antes de sorprendernos a todos con la noticia que ibas a tener un hijo suyo y casarte con él –no era exactamente así, pero Grace se sentía demasiado infeliz como para corregir a la viuda de Lance Culverwell.

–Si nos casamos de forma tan precipitada fue para que nuestro hijo tuviera el mejor comienzo posible, y esto fue un compromiso de ambos por igual. ¿Y acaso tú no te casaste con mi abuelo para sacar provecho? –la acusación se le escapó antes de que pudiese evitarlo.

–¡Oh, venga! Yo quería mucho a tu padre. Creía que era un encanto, eso ya lo sabes. Pero una chica tiene que pensar también en su futuro.

–Pues eso sí que te ha salido bien, Corinne.

–Razón por la que creo conocer a los Seth Mason del mundo mucho mejor que tú. No digo que sea una santa. Sé que tengo mis defectos, pero no quiero ver cómo te hacen daño. Pero afrontémoslo. Tú también sales ganando con esto. Es decir, que tiene que ser increíble en la cama –más tarde, Grace caería en la cuenta de que aquella afirmación implicaba que Corinne no había hecho más que fantasear con acostarse con él–. ¿Y qué tiene de malo permitir que alguien te utilice si la recompensa consiste en tener un sexo fantástico con un hombre como Seth?

Cuando Corinne colgó el teléfono, Grace se puso a pensar en todo lo que ella le había dicho. ¿De verdad la propuesta de Seth respondía a los beneficios personales que podría aportarle casarse con ella?

Estaba segura de que para él su hijo estaba por encima de todo, pero ¿la había visto además como un modo de promover su brillante carrera? ¿Es que aquel acto supuestamente generoso de hacer lo mejor para ella y para el bebé escondía un gesto interesado por utilizar a la madre de su hijo para sus propios fines? ¿Quizá el mismo que le había llevado a hacerse con Culverwells delante de sus narices y de forma tan humillante? Y lo había hecho con la ayuda de Corinne, porque sin la conformidad de la modelo nunca hubiese conseguido vengarse del modo en que lo había hecho.

Grace se dio cuenta de que lo único positivo que se extraía de la conversación telefónica con Corinne era la confirmación de que Seth le había estado diciendo la verdad: que él y la modelo no eran amantes y al parecer no lo habían sido nunca. Aunque era una consolación nimia después de todo lo que le había dicho la viuda de su abuelo.

El embarazo empezaba a hacerse evidente. Grace sabía que en el trabajo había comentarios y especulaciones sobre el momento exacto de la concepción del bebé, pero desviaba las miradas furtivas y los comentarios casuales con aire impasible y sosegada eficiencia.

Se preguntó si aquellos especuladores curiosos también aplaudían en secreto a Seth por lo que debía parecer una estratagema muy hábil visto el antagonismo y la oposición que ella siempre había demostrado hacia él.

La buena noticia es que las náuseas matutinas acabaron por remitir. Tampoco se sentía tan cansada como durante las primeras semanas de gestación. Pero las preocupaciones y las sospechas sobre las razones por las que Seth se había casado con ella empezaron a hacer que se sintiera anímicamente destrozada.

Ella ya sabía que él no la amaba, que se había casado con ella para darle su apellido al bebé. Pero, como cualquier mujer que se pudiese encontrar en su misma situación, estaba preocupada por la inseguridad que le provocaba abrigar la inútil esperanza de conseguir que él la quisiera.

Eso fue hasta el día que encontró una foto de ella con Paul.

Era la única instantánea que conservaba de su prometido porque en ella aparecía su abuelo entre ambos, rodeándolos con los brazos. Era una foto tomada poco después del compromiso.

No se había dado cuenta de que Seth había entrado en la habitación hasta que dijo por encima de su hombro con voz fría y contenida:

—Si todavía le quieres, no tienes más que decirlo.

Sorprendida, arrojó la foto en el cajón que había estado revisando y se percató de lo culpable que debía de parecer, incluso aunque se girara para decirle:

—Por supuesto que no le quiero. ¿Cómo puedes siquiera pensarlo?

Pero ella se dio cuenta de que lo pensaba, porque desde el día que habló con Corinne él había notado un cambio en ella y hasta le había preguntado varias veces qué le pasaba.

Su sonrisa no apagó la frialdad que había en sus ojos, la misma que había en sus dedos cuando le acarició la mejilla.

—Entonces ¿por qué tienes lágrimas en los ojos?

—No son... quiero decir...

Intentaba decir: «No son por esa causa». Pero no pudo encontrar la forma de decirle que había sido la imagen de su abuelo la que le había provocado esa emoción.

—¿Y por qué te has estremecido cuando te he tocado?

Dejando caer los hombros, Grace vio que tenía todas las de perder. Seth Mason era un hombre posesivo y dominante y no iba a permitir así como así que su esposa lo dejara de lado por otro hombre, incluso aunque no la amara.

—Quizá lo que quieres es que te diga que todavía quiero a Paul, ¿no? –le espetó ella con ojos incrédulos, incapaz de contener la risa histérica que se agolpó en su garganta por lo absurdo de la situación, pero más aún por la sospecha de que podría ser así. Quizá Seth se había casado con ella para alcanzar sus objetivos pero se había dado cuenta de la barbaridad que había hecho y necesitaba encontrar una salida fácil.

–¿Le quieres? –volvió a retarle Seth.

–Si lo crees así, no hay esperanza para nosotros, ¿no crees? –susurró ella en tono sombrío–. Me casé contigo, ¿no?

–Sí. Te casaste conmigo –no asomó sentimiento alguno a su rostro cuando añadió–: ¿Y te importaría decirme por qué?

Atrapada en su propia trampa, Grace no supo qué decir.

«¡Porque te quiero!».

La confesión, incluso en su cabeza, le puso la carne de gallina. ¡Estaría perdida si él llegara a enterarse!

–Bueno, no por las mismas razones que tú, eso es obvio.

–¿Y cuáles son mis razones?

–Abrir puertas que aún no habías conseguido derribar.

Ya lo había dicho, y se lo había arrojado a la cara como un jarro de agua fría.

«¡Niégalo!», gritó su corazón. Pero no lo hizo.

Él se quedó inmóvil por un momento, pero luego le tembló la mandíbula, y aquello fue el único indicio de que había vida dentro de él. Luego inclinó la cabeza en el más breve de los reconocimientos.

–Ahora sabemos lo que realmente piensa cada uno, ¿no es así? –afirmó en tono grave antes de marcharse, lo que reafirmó lo que Grace ya sabía. Que no sentía nada por ella más allá del hecho de que iba a ser la madre de su hijo.

Después de aquella conversación, su matrimonio sufrió un cambio notorio. La complicidad que había entre ambos empezó a desaparecer de su relación. Seth se quedaba hasta tarde en la oficina y a menudo disponía que su chófer llevara a Grace a casa.

Apenas hacían el amor y dormían dándose la espalda, como si fuesen desconocidos. Cuando lo hacían, era con una pasión antagónica, como si les molestase tener necesidades que sólo el otro podía cubrir.

Grace consiguió mantener las apariencias en la oficina, sobre todo porque Seth pasaba mucho tiempo fuera atendiendo a sus negocios. Los fines de semana pasaba la mayor parte del sábado ayudando a Beth en la galería, porque se sentía sola y confinada en el apartamento cuando Seth no estaba allí.

–Deberíamos buscar otra casa para cuando nazca el niño –le sugirió una mañana cuando se marchaban a la oficina. Habían hecho el amor la noche antes, un intercambio largo y mudo de terrible placer. A ella le avergonzaba mirarlo mientras lo recordaba, porque sólo parecía acentuar su distanciamiento matinal–. Los niños necesitan un jardín para jugar. Un sitio en el que correr y hacer ruido sin molestar a los vecinos.

–Claro –fue la sucinta respuesta de Seth.

Dos días más tarde la sorprendió al arrojar sobre la mesa un montón de folletos que anunciaban casas de lujo. Mansiones georgianas con hectáreas de bosque, enormes casas de cristal en dos niveles y una edificación de estilo gótico con gárgolas y torres que además tenía un lago privado.

–Estoy seguro de que aquí encontrarás algo que te guste –comentó.

–¿Hay límite de presupuesto? –preguntó Grace pasado un rato.

–Deja que yo me ocupe de eso.

Ella miró los folletos y cuando acabó dejó el último sobre la pila que había en la mesa sin decir ni una sola palabra.

–¿Y? –preguntó él por encima del periódico que estaba leyendo. Grace se preguntó si en su rostro se reflejaba lo desilusionada que estaba.

No podía decirle que ver todas esas casas la había

desanimado. Que las encontraba tan frías e impersonales como parecía estarlo él desde el momento en que ella salió de su cama.

No pudo evitar preguntarse si el poder y el éxito habían cambiado al joven tierno y hogareño al que se había entregado hacía tantos años. ¿Es que sólo quería dinero para alardear delante del tipo de gente que según él merecían su desdén? ¿Como su abuelo? ¿Como los Paul Harringdale de su mundo? ¿Como ella?

–Quizá algo menos... obvio –sugirió ella, lo cual sonó más amable que llamar a las casas «ostentosas» o «deprimentes»–. Si te sirve de ayuda, prefiero algo... más sencillo.

Sorprendentemente, aquello fue una revelación para Seth. ¿Pero por qué iba a sorprenderle? Ella había aceptado una boda tranquila y sencilla. Él pensó que lo hizo porque era algo por lo que quiso pasar por el bien del niño. Pero se preguntó si hubiese seguido queriendo esa sencillez de haber sido una pareja enamorada, porque además había otras cosas.

La mayoría de las mujeres a quienes había conocido eran adictas a las compras, y pensó que ella sería la que más, pero se había dado cuenta de que estaba equivocado en ese aspecto. No le gustaba especialmente comprar, y en cuanto a las fiestas frívolas y glamurosas a las que constantemente les invitaban, parecía desdeñarlas tanto como él.

–Eres una mujer con un trasfondo oculto –comentó él con sequedad, sentándose con ella en el sofá.

–¿Te sorprende? Creías que te habías casado con una esnob empedernida.

–¿Te he llamado así alguna vez? –¿no lo había hecho? Aunque a veces, en vista del modo en que lo había tratado en el pasado, había llegado a pensarlo.

–No hacía falta –dijo ella en voz baja, lo que hizo crecer el sentimiento de culpabilidad de Seth.

–Todos cometemos errores –admitió él.

–¿Tú? ¡Seguro que no!

En respuesta, él se limitó a tomar la mano de Grace y a llevársela a los labios.

Ella cerró los ojos como si no pudiese soportar lo que estaba haciendo, o lo que podía hacerle, consciente de que el pulso le latía frenéticamente.

–Creía que tú siempre tenías razón –su voz sonó forzada por la tensión sexual que dominaba todo lo que decían y hacían. Se preguntó si acabaría por destruirles porque, cuando desapareciese, ¿qué quedaría entonces?

–A veces no es malo equivocarse.

Una pregunta ensombreció el azul que rodeaba las pupilas dilatadas de Grace, pero él bajó la vista hacia la mano que aún sostenía para evitar una conversación que no quería mantener y se limitó a estudiar las piedras que formaban el anillo de bodas de ella.

No se trataba del diamante de gran tamaño que él pensó que elegiría para sellar su apresurado compromiso, ni los zafiros de precio exorbitado con los que le tentó el joyero.

Acariciaba suavemente con el pulgar lo que ella había escogido: un sencillo grupo de esmeraldas y rubíes diminutos que rodeaban un pequeño diamante.

Una vez más, admitió en silencio que aquella mujer tan maravillosa, con la que se había visto obligado a casarse por las circunstancias, le había arrojado a la cara las ideas preconcebidas que tenía sobre ella sin ni siquiera darse cuenta. Ella era una mezcla de sencillez y complejidad, y él nunca sabía cuál de las facetas de su carácter le iba a mostrar: la de la persona reservada y distante que aparecía cuando estaban como en ese momento o a solas en la oficina, o la de la que evitaba cualquier sugerencia de intimidad con él tanto tiempo como le era posible para luego convertirse en una tigresa en cuanto él tomaba las riendas cuando se acostaban juntos.

Entonces no se podía negar que hacían aquello para

lo que estaban destinados, y lo que ambos deseaban. Pertenecían a mundos, a universos totalmente diferentes, pero en la cama hablaban el mismo lenguaje, consistente en caricias, sentimientos y el más básico de los instintos, en donde únicamente cabían las frases más sensuales.

En aquel momento, Seth sintió la necesidad de comunicarse con ella en ese lenguaje y sabía que podía conseguirlo en segundos si se lo proponía. Porque ella siempre le respondía, porque no podía negarse el placer que le proporcionaba en la misma medida en que él no podía resistirse al olor, el sabor o el tacto del cuerpo ávido de Grace bajo sus manos ni a la dulzura de su boca.

Lo inundó un sentimiento más complejo y mucho menos primario que la necesidad de poseerla, un sentimiento que amenazaba con hacerlo vulnerable a aquella hermosa mujer que un día le quitó la vida con tan sólo una mirada. No estaba preparado para dejar que ocurriese. Nunca más.

–Estoy seguro de que acabaremos por encontrar algo que te guste –dijo él desdeñosamente mientras se levantaba. Su voz era tensa y fría porque intentaba controlarse para no quitarle a Grace la ropa seria y estirada con que iba al trabajo y llevarla a la cama para excitarla hasta que le pidiese sollozando que la poseyera–. Hasta entonces, tendremos que apañarnos aquí, si no te resulta demasiado difícil.

Y con ese comentario se giró y salió de la habitación.

Dos o tres semanas después, Grace pensó que todo iba tal y como debía ir. Al menos en lo referente a su embarazo. El niño se desarrollaba con normalidad a pesar de los temores iniciales, y el médico había dicho que aunque había que hacerle un seguimiento tanto por su historial médico como por el de su madre, era un claro ejemplo de futura madre en perfecto estado de salud.

Llegó a la dolorosa conclusión de que todo sería perfecto si el hombre del que se había enamorado la correspondiese. Pero no era así, y saber que él podría no llegar a quererla nunca y la tensión que esa posibilidad creaba en la relación entre ambos la volvían cortante e irritable.

En aquella semana sufrió dos ataques de jaqueca y tuvo que dejar la oficina temprano. Seth había estado fuera y como ella ya se sentía bien una vez estuvo de vuelta, ni se molestó en contárselo.

Pero ese día, sentada en la oficina con otra jaqueca en ciernes empezó a sentir un dolor en el vientre y a sentirse mal. Grace puso fin a la conversación que mantenía con un cliente que hablaba más de la cuenta y huyó al cuarto de baño.

Allí descubrió algo que la hizo temblar por la impresión y el miedo.

Estaba sangrando.

Llevaba casi cinco meses de embarazo y aquello era un principio de aborto.

Capítulo 9

SETH LLEGÓ acalorado y sin resuello al despacho de Grace.
Él se encontraba en una reunión cuando recibió la llamada de Simone y, demasiado impaciente y preocupado como para esperar al ascensor, había bajado las escaleras como si su vida dependiese de ello.

Tras saludar a Simone, que salía en ese momento, se acercó a Grace, que se había tumbado en el sofá con los pies en alto.

Estaba tan pálida que él se preocupó enormemente. Cuando levantó la vista hacia él, en sus ojos había una sombra de desesperación. Él asió su mano y se puso en cuclillas junto a ella, percatándose de lo mucho que temblaba.

−¿Qué pasa? −susurró ansioso mientras encerraba entre sus manos la mano temblorosa de Grace−. ¿Te pondrás bien por mí?

Ella lo miró como si le sorprendiesen sus palabras.

−Oh, Seth... Creo que estoy perdiendo a nuestro hijo −sus ojos inundados de lágrimas mezcladas con desesperación impresionaron de tal modo a Seth que éste tuvo que recordarse que ella estaba así únicamente por su instinto maternal. Dicen que aparece en algún momento del embarazo, incluso aunque el bebé sea en principio no deseado.

−Calla. No te alteres −dijo él. Incluso consiguió esbozar una sonrisa llorosa−. Tienes que concentrar toda tu energía en ayudar al pequeño a salir adelante. Y, de todas formas, puede que no se trate de un aborto.

−Lo es. ¡Me está volviendo a pasar!

–¿Volviendo a pasar? –el asombro se sumó a la ansiedad que reflejaba su rostro.
–Como antes.
–¿Antes? ¿De qué estás hablando, Grace? ¿Qué quieres decir? ¿Cuándo te ha pasado antes?

Grace deseó en ese momento no habérselo ocultado.

–Quedé embarazada –confesó, dejando caer los hombros.

–¿Cuándo? –había muchas cosas que ignoraba sobre ella y que sólo había empezado a descubrir desde que era su esposa. ¿Pero aquello? ¿Cuándo se había quedado embarazada? ¿De quién era el niño que había llevado dentro antes que el suyo? Quería todas las respuestas, pero no era el momento. Además, Simone estaba de vuelta.

–¿Puedo hacer alguna cosa por vosotros, Seth? –con el paso del tiempo, desde el fugaz compromiso, Simone Phillips se había convertido en una amiga y compañera tan cercana a él como a Grace.

Seth se levantó e inspiró profundamente. Ya había enviado a Simone a por un amigo suyo, un ginecólogo muy competente con quien jugaba al squash.

–Sí, lleva todos los temas urgentes que no puedas resolver al despacho de mi secretaria. Ella sabrá qué hacer –vio que Simone ya le había preparado a Grace una taza de té–. Y asegúrate por favor de que nadie nos moleste.

–Por supuesto.

Cuando se hubo ido, agarró una silla y se sentó en ella a horcajadas frente a Grace.

–Y ahora... –había indecisión en su voz–. Quizá sea algo que no me quieres contar, pero en vista de las circunstancias... –bajó la vista hacia el vientre abultado de Grace. Ella lo acariciaba distraídamente, como si intentara proteger el hijo que tanto temía perder.

El hijo de ambos.

¿Pero de quién era el hijo que había perdido? ¿De alguien a quien había amado? ¿Qué persona antes que él había sido tan importante para ella?

–No es lo que piensas –cuando ella volvió el rostro hacia él, Seth pensó que jamás había visto a nadie tan triste. Su mirada inescrutable hizo que Grace bajara la suya, porque adivinaba lo que él estaba pensando y no podía soportarlo. Bastante era ya la posibilidad de perderlo si perdía al niño, y no podía soportar perder además el poco y valioso respeto que sentía por sí misma–. Fue hace ocho años... cuando volví a Londres. No tomamos precauciones.

–¿Qué estás diciendo? –su voz se redujo a un susurro y el color desapareció de su piel–. ¿Quieres decir que después de hacer el amor allí...? –agitaba la cabeza como si intentase despejar una niebla espesa que hubiese ante sus ojos incrédulos–. ¿Te quedaste embarazada de mí?

Ella asintió a medias con la cabeza.

Entonces él entendió por qué se había enfadado tanto al saber que estaba embarazada una segunda vez y de él, un hombre al que no podía evitar entregarse y por el que nunca había abrigado verdaderos sentimientos.

–Debemos ser una pareja terriblemente fértil. ¿Por qué no me lo dijiste?

–¿En aquel entonces? ¿Qué hubieras hecho? ¿Casarte conmigo? ¿Con una chica de la que pensabas que sólo buscaba pasar un buen rato?

–Es la razón por la que creí que estabas protegida –todavía negaba con la cabeza–. Nunca imaginé que no lo estabas.

–Pues parece que has adoptado esa costumbre –y en caso de que él pensara que era una mujer fácil además de irresponsable, confesó–: Fue mi primera vez.

Ella pensó que decir que parecía sorprendido era decir poco. Abrió mucho los ojos y se sonrojó.

¿Había sido su primer amante?

–No lo parecía.

–No. He leído que no siempre es así, si la chica hace deporte o monta mucho a caballo, como era mi caso.

—¿Qué pasó? —le urgió, buscando la verdad en sus ojos.

—Lo perdí.

—¿Y de cuánto...?

Ella tragó saliva. No quería volver a vivir aquello: el dolor y la pena, la sensación de aislamiento. Y después, los meses de depresión y de culparse a sí misma.

—Casi de cinco meses.

—¿Por qué no me lo dijiste antes? —la voz le temblaba de exasperación—. ¡Estamos casados, por Dios bendito!

—No lo sé. Te traté muy mal y pagué por ello. Fue un momento muy difícil para mí. Sólo quería dejarlo atrás. Estuve bastante tiempo enferma.

—¡Hija mía...! —alzó los ojos al cielo y lanzó un juramento irrepetible—. Con más razón, y sabiendo que tu madre murió al dar a luz, me lo tenías que haber contado —le reprendió—. Y aun sabiéndolo me lo ocultaste. ¿Por qué?

—No lo sé —porque ocurrió en el pasado. No podía volver a pasar. «¡Dios bendito!», rezó. «¡No dejes que vuelva a ocurrir!»—. Cuando supe que estaba embarazada de nuevo, me enfadé. No podía creer que aquello me estuviese pasando. Lo siento.

Girándose hacia él y apretando la mano que sostenía la suya como si fuese una cuerda de salvamento, le dijo:

—¡Oh, Seth! ¿Qué voy a hacer?

Estaba realmente asustada y, por una vez en su vida, Seth se sintió totalmente inútil. Si algo le llegaba a ocurrir a Grace, o al niño, o a ambos...

Apartó la mirada para que ella no pudiese adivinar la angustia que se apoderaba de él. Tenía que desechar ese pensamiento.

Entonces llegó el médico y después de examinar a la paciente dispuso que se sometiese a un chequeo en maternidad. Allí insistieron en que se quedara toda la noche en observación.

A última hora del día siguiente, cuando el susto inicial hubo pasado, le dieron el alta advirtiéndole que en vista de su aborto anterior debía cuidarse mucho durante el resto del embarazo.

–Lo que significa abandonar todo lo que pueda provocarte estrés –comentó Seth mientras la llevaba de vuelta a casa–, como ese trabajo de altos vuelos que tienes, para empezar.

–¡Pero no puedo! –Grace gimió a modo de protesta. Porque pensaba que, si lo hacía, él habría alcanzado su último objetivo, el que seguramente más había ambicionado desde el principio: ver cómo abandonaba su puesto en Culverwells. ¡Y todo porque ella había permitido que la dejase embarazada!

–¡Puedes y lo harás! –no había discusión posible, porque, por supuesto, podía disponer que la echaran de la directiva si no accedía.

Pero, en cualquier caso, ella pensó que Seth tenía razón y rezó porque su embarazo llegara a término. De no ser así, no sólo perdería al hijo que tanto ansiaba tener entre sus brazos, sino también a Seth, porque él ya no tendría razones por las que seguir adelante con un matrimonio sin amor, al menos por su parte.

–Si careces de sentido común para cuidar de ti misma mientras estás en estado, alguien tendrá que hacerlo –le dijo con determinación. Y así fue como, la tarde siguiente, Grace se encontró recorriendo la autopista en el Aston Martin de Seth.

–¿Dónde vamos?

–A un sitio donde pueda vigilar lo que haces hasta que el niño nazca sano y salvo –le informó él, y ésa fue toda la información que consiguió sacarle desde que la noche anterior le pidiera que hiciese las maletas.

Un par de horas más tarde, todo se aclaró.

Grace contuvo la respiración al reconocer la pequeña localidad costera y se sentó erguida y nerviosa en el asiento mientras el coche recorría la tranquila carretera que bordeaba la playa.

No había vuelto a aquel lugar en siete largos años,

desde que su abuelo vendiera la casa veraniega que tenía en la montaña un año después de que ella conociese a Seth.

—Relájate —le aconsejó Seth, consciente de la tensión que se apoderaba de ella—. Sé que es el último lugar que imaginabas, o al que querías que te trajese, pero te prometo que estarás muy cómoda aquí. Es el único lugar del mundo al que vengo cuando necesito desconectar.

—No ha cambiado apenas —dijo ella en voz alta, y se sintió aliviada al ver que tomaban una ruta alejada del varadero al llegar a la salida del pueblo, porque se estaba enfrentando a tantos recuerdos y sentimientos encontrados que no estaba segura de cómo manejarlos en ese momento.

—¿Eso crees? —dijo Seth con escepticismo mientras apretaba el acelerador. Entraron en la carretera de montaña que seguía la línea de la costa y se detenía en una zona de monte bajo que había en la cima.

Sentados allí, dominando el mar, apagó el motor y Grace comprendió por qué él parecía divertido y la razón por la que había detenido el coche en ese sitio en concreto.

—¡No me lo puedo creer! —rió Grace, sorprendida.

A lo lejos, donde en otro tiempo hubo una zona industrial abandonada, hoy se alzaban bloques de apartamentos de lujo y casas de diseño junto a un nuevo puerto deportivo lleno de lanchas, veleros y yates—. Qué buena idea... La persona que construyó todo esto debía de tener mucha visión de futuro...

—¿Debo asumir que te gusta?

—¿A quién no? A veces las nuevas construcciones no hacen sino estropear el entorno, pero aquí se ha hecho todo tan bien que... —se interrumpió al ver la forma atenta en que él la miraba—. ¿Quieres decir... que todo esto lo has hecho tú?

—Fue mi primera obra. Pero creo que te conté lo que quería hacer aquí.

Lo había hecho. Hacía ocho años. Ella recordó avergonzada que entonces se rió. Recordó incluso lo que le dijo en aquel momento: «Los sueños son para las per-

sonas que ansían cosas que están fuera de su alcance».
¡Qué estúpida había sido!

Cuando la mirada de desconcierto de Grace se encontró con la de Seth, supo que él también estaba recordando ese momento.

–No era un sueño. Era un proyecto.

Ella pensó que la llevaría allí, a uno de esos áticos de lujo para que contemplase el puerto, los barcos, las casas y todo aquello de lo que se había reído, inconsciente de que durante el resto de su vida iba a desear no haberle dicho esas cosas ni haberle tratado de aquel modo.

Pero no lo hizo.

Circulaban por la línea de costa, hacia el oeste. Abajo, el agua reflejaba un cielo pálido, casi azul gélido. Luego la carretera se internó en las montañas.

–¿Le compraste a tu madre una de esas casas del puerto deportivo? –preguntó ella al recordar que todo aquello formaba parte de su proyecto a largo plazo.

–No quiso. Dijo que esas casas modernas eran para yuppies y que ella no era joven ni tenía intención de ascender en la escala social. Prefiere vivir más al norte, más cerca de Alicia.

–Pues tenías razón entonces. No todo resulta del modo en que lo planeamos, ¿verdad?

–Uno aprende a ceder.

¿Es lo que había hecho al casarse con ella? ¿O formaba parte de su plan? En cualquier caso, no resultaba muy halagüeño.

–¿Dónde vamos? –preguntó ella con aprensión al ver que Seth abandonaba la carretera principal para internarse en una secundaria. En realidad, ella ya lo sabía.

Pero ¿por qué la llevaba allí? A una casa que su familia había tenido que dejar porque no se pudo permitir conservarla. Por culpa de su abuelo. Por culpa de ella.

–Muy bien. Ya has dicho lo que querías decir –dijo ella, incapaz de mirar a la casita en ruinas.

Él detuvo el coche frente a un pequeño sedán rojo

que estaba aparcado ante la vieja construcción de piedra: un lugar acogedor, como una ilustración de un libro, con colores brillantes y resplandecientes ventanas abiertas al sol de mayo.

–La volviste a comprar –susurró ella con lágrimas en los ojos. Y no sólo eso, sino que además la había ampliado añadiendo un ala con nuevas habitaciones.

–Vamos –él ya estaba saliendo del coche. Fueron recibidos por unos ladridos cuando Seth abrió la verja de hierro que daba al jardín, y Grace contuvo la respiración al ver a un perro labrador color chocolate que bajaba el sendero de piedra hacia ellos, como en un *déjà vu*.

–¡No puedo creerlo! –rió, sorprendida. Fue como volver atrás en el tiempo a la noche en que él la llevó allí y un perro había salido de la casa por delante de Alicia–. ¿Es el mismo perro?

–No, Mocha partió a felices tierras de caza hace algunos años. Éste se llama Truffle.

–¡Seth!

Grace reconoció a la chica de pelo cobrizo que bajó corriendo el sendero para arrojarse en brazos de su hermano.

El jardín de la casa, cubierto de arbustos en flor, árboles de hoja perenne y frutales, complementaba el interior de la casa. Aunque conservaba muchas características de una casa antigua como chimeneas de piedra, ventanas abocinadas y una vieja viga descubierta, contaba con todas las comodidades modernas.

–¿Y Truffle de quién es? –preguntó más tarde Grace a Alicia.

La chica había insistido en mostrarle la planta baja y la nueva ala, que comprendía un salón con mucha luz y una enorme cocina, ambos en consonancia con el resto de la antigua edificación.

Alicia sólo había pasado por allí para llenar la nevera de camino a Plymouth, donde iba a visitar a su novio, y era Nadia la que le había pedido que dejase el perro con su hermano.

–Lo compré para Seth –le contó Alicia, que ya estaba lista para marcharse, cuando regresaron a la parte antigua de la casa y encontraron a Seth de pie ojeando el periódico–. Se lo compré porque pensé que necesitaba que lo cuidaran.

–¿Quién, Seth o Truffle?

–Elige el que quieras –rió Alicia, que de pronto pareció tener menos de veinte años–. Mamá cuida del perro casi siempre, ya que Seth no tiene tiempo de atenderlo cuando está en Londres. Y, aparte de eso, pasa mucho tiempo fuera, así que me temo que fue una decisión un poco impulsiva por mi parte. Pero tener un perro hace que Seth parezca más un humano que una máquina. ¿O será esta casa? En esto también tendrás que sacar tus propias conclusiones. Aunque supongo que ahora no necesita que lo cuiden, ahora que... que te tiene a ti.

Reaccionando como por resorte, Seth agarró el sombrero que su hermana tenía en las manos y con una sonrisa pícara lo hundió ceremoniosamente en su pelo cobrizo.

–Adiós, Alicia.

–No dejes que te mangonee –advirtió a Grace–. Si lo hace, se lo dices a mamá. Es la única a la que escucha –con un chillido, mientras él hacía ademán de perseguirla, salió de la casa.

–¿Es cierto que a la única persona a la que siempre escuchas es a Nadia?

Él se encogió de hombros y cerró el periódico.

–De no ser así, habría perdido un hogar, y muy bueno, por cierto. Cuando tenía quince años era un auténtico gamberro. Si nadie llega a imponerse, hubiera acabado por descarriarme.

–Nadia hizo un buen trabajo –reconoció Grace con sinceridad–. Y tu padre adoptivo también –recordaba que él le había contado que Nadia enviudó poco después de que él se fuese a vivir con ellos. Sin embargo, supuso que la influencia de los Purvis no era lo único que había transformado a Seth Mason en un hombre autodisciplinado e independiente. Las agallas y la determinación que ponía en todo lo que hacía formaban parte de la fuerza y el calibre de su carácter.

–Supieron cómo educarme en un equilibrio perfecto entre comprensión, disciplina y amor.

Grace decidió de modo instintivo que así sería como educaría a su hijo. Con una repentina punzada de angustia, rogó que saliese adelante y naciese sano y salvo.

La planta superior de la casa resultó tener tanto carácter y encanto como la de abajo, aunque la mejor habitación era el dormitorio principal de la nueva ala. Era espacioso y aireado, y tenía vistas a una playa de guijarros privada. Las paredes color crema, que reflejaban el sol de la tarde, inundaban la habitación de luz dorada.

Tras la cama de matrimonio, las cortinas rosa oscuro combinaban con los muebles rosa y crema del resto de la habitación. En el baño contiguo había una bañera victoriana exenta situada en lo que parecían hectáreas de espacio y rodeada de todo tipo de lujos y complementos modernos para convertir el baño en un auténtico placer. Seth bajó a por el equipaje, pero cuando regresó, no llevaba sus maletas.

–¿No vas a...?

–¿Dormir contigo? –añadió él al ver que ella no acababa la tentadora frase–. Creo que no sería buena idea, ¿no te parece?

¿Porque los médicos les habían dicho que debían tener cuidado?

Pero en ese momento a ella no le importaba lo que los doctores o cualquier otra persona hubiese dicho. «¡Te necesito!», ansiaba decirle. Pero no lo hizo.

–Si me necesitas, mi habitación está a tiro de piedra.

Grace asintió, preguntándose por qué le resultaba tan fácil salir de su cama cuando ella deseaba más que nunca hacer el amor con él.

–¿Qué otra cosa podría necesitar? –respondió Grace con calma forzada.

Capítulo 10

DURANTE las semanas siguientes, Grace disfrutó de una especie de frágil felicidad.
Seth trabajó mucho desde casa y a veces, cuando tenía que viajar, la llevaba con él. Pero ella sabía, por la forma en que la mimaba Maisie, la anciana que venía a cocinar y limpiar, que ésta tenía órdenes de vigilarla siempre que él no pudiese.

A veces él se tomaba días libres para estar con ella, y para Grace éstos eran los mejores. Pero en otras ocasiones, como en aquel momento en que paseaba sola por la playa con la única compañía del mar, de las gaviotas y de Truffle, lo echaba de menos.

Recién llegado de un viaje de dos días para asistir a unas reuniones, Seth se detuvo en seco para silenciar el ruido de sus pies desnudos sobre los guijarros.

Pensó que era una escena demasiado evocadora como para interrumpirla, y se quedó allí, desapercibido durante un rato, contemplando a Grace y al perro y deseando que no se girase.

Ella llevaba una falda naranja que flotaba vaporosa alrededor de sus pantorrillas, y un top holgado color crema aderezado con un collar y una pulsera a juego.

Seth observó cómo posaba una mano sobre su vientre abultado y cómo su pelo, que volvía a tener largo, se agitaba al viento. Pensó que nunca la había visto tan hermosa.

Se sentía, por encima de todo, orgulloso ante la certeza de que aquella maravillosa mujer llevaba en su vientre un hijo suyo. Pero pronto otros sentimientos irrumpieron en su interior, apartando su mente de cuestiones complejas y obligándolo a esforzarse por recuperar el control de su cuerpo.

Ella no le había visto aún. Estaba mirando cómo Truffle saltaba por la playa. Pero de pronto el labrador cambió de dirección y salió corriendo hacia Seth, de modo que ella se giró y aquellos maravillosos instantes se desvanecieron.

Al verle avanzar por la playa, Grace sintió que su corazón saltaba como una gacela.

Se había cambiado antes de ir a buscarla. Llevaba una camiseta blanca que le marcaba el contorno del pecho, dejando nada a la imaginación, y unos vaqueros con el dobladillo deshilachado cuyas hebras le caían por los pies desnudos y bronceados.

—Nunca imaginé que te gustaran tanto los animales —comentó él cuando llegó donde ella estaba.

Grace se preguntó por qué hasta el sonido de su voz aceleraba su corazón.

—Nunca me has imaginado de muchas formas, entre ellas gorda, deforme e indeseable —«¿a qué ha venido eso?», pensó, avergonzada. Rápidamente, añadió con una mueca—: E incapaz de volver a entrar en mi ropa.

El comentario otorgó a Seth una excusa para examinarla.

—No hay nada de indeseable en que estés gordita por llevar a mi hijo —le dijo él sin apasionamiento, sin rastro del deseo por ella que había mostrado con anterioridad—. Y recuperarás la figura en cuanto nazca el niño. Si no, te compraré ropa nueva, si eso te hace feliz. Trajes, vestidos y lencería exótica.

Ella alzó una ceja con recelo.

—¿Has dicho si me hace feliz a mí?

—De acuerdo, nos olvidamos de los trajes y los vestidos.

Al ver su mirada maliciosa, Grace le dio una palmada en el brazo, que le pareció cálido y firme.

–¡Muy bien!

Ella lanzó un grito al ver que él la agarraba e intentó escapar.

–¡No, no lo hagas! –chilló mientras él la levantaba del suelo y Truffle, uniéndose a la diversión, no dejaba de ladrar–. ¿Qué van a pensar los vecinos? –protestó, agarrándose a él.

–No hay vecinos –la llevó con determinación a un pequeño nicho que había entre las rocas y allí la dejó junto a él sobre la arena–. No necesitas ningún atrezo para resultar terriblemente deseable a los ojos de un hombre. Eres atractiva de sobra, incluso con el peso de mi hijo en tu interior.

«Pero no lo suficientemente atractiva como para que me quieras o me hagas el amor», agonizó Grace, pensando que hacía semanas que no le demostraba lo mucho que la deseaba, al menos, sexualmente hablando. Entonces él se inclinó y la besó en la boca.

Pero fue apenas un roce, ya que en seguida apareció Truffle y empezó a subírseles encima.

Grace se echó a reír al ver que un trozo de madera empapada caía sobre el regazo de Seth.

–¡Vamos a tener que deshacernos de este perro! Juraría que estáis los dos confabulados –con una fuerza envidiable, lanzó el palo al mar a una distancia que Grace jamás habría conseguido cubrir, ni siquiera poniéndose en pie–. ¡Agárralo, Truffle! ¡A ver si te puedes enfrentar con la marea!

–¡No lo dirás en serio! –le reprendió Grace, echándose a reír de nuevo. No encontraba el modo de decírselo, pero estaba encantada de que hubiese vuelto.

–Si eso significa que voy a poder disfrutar de mi mujer unos minutos, sí –dijo él, lacónicamente, pero su rostro burlón le dijo que sólo estaba bromeando–. Bueno... ¿Por dónde íbamos?

–¿Crees que podrás averiguarlo antes de que vuelva el perro?

–¿Es eso una respuesta evasiva, señora Mason?

Deslizó una mano por su pelo y Grace se echó sobre la roca con los ojos cerrados.

–Ha sido el beso más corto de la historia del universo.

–Cierto.

–Seguramente entraría en el Guiness de los récords.

–No, lo que entrarían son los pensamientos que me cruzan por la mente en este momento.

Él no se había mostrado así desde que las cosas habían empezado a ir mal entre ambos justo después de la luna de miel: incitador, provocador, juguetón con ella.

–¡Eres un...! –no se le ocurrió la palabra adecuada para describirlo y, de todas formas, él se estaba inclinando hacia ella, provocándola con sus labios cerca de los suyos, respirando con dificultad como si una especie de lucha interna se estuviera desarrollando en su interior. Una lucha que significaba que la deseaba físicamente, incluso aunque mental y emocionalmente ella era la última persona sobre la tierra con la que hubiese considerado la posibilidad de tener un hijo–. ¡Ay!

–¿Qué pasa? –se retiró rápidamente al ver su gesto de dolor–. ¿Te he hecho daño?

La preocupación que había en su voz la compungió, porque se dio cuenta de lo afortunada que sería la mujer a la que quisiera de verdad.

–Tú no. Tu hijo –dijo ella, y su rostro irradiaba felicidad por el hermoso milagro que se revelaba cada día en su interior–. Me ha dado una patada más fuerte de lo normal. Definitivamente, es un niño.

–Ya te has formado una opinión al respecto, ¿verdad? –dijo él, sonriendo. Ambos habían decidido que esperarían al nacimiento del bebé para saber si era niño o niña–. ¿Y a qué se deben esos prejuicios innecesarios sobre mi sexo? ¿Acaso las niñas no saben dar patadas?

—Claro que sí. Pero esta criatura tiene las botas de un delantero centro. Es sin duda un niño dominante que quiere llamar la atención. De dónde le viene esto, no lo... ¡Ay!

Un fuerte codazo hizo que empezara a masajearse la barriga. La mano de él se posó junto a la suya de forma cálida y descorazonadoramente tierna.

—¿Lo notas? —tenía la boca tan seca que le costaba hablar.

Él asintió. El placer que reflejaba su rostro hizo que el corazón de Grace se llenara de amor por él.

«Quiéreme», ansiaba decir. Pero no tuvo valor. El suyo no era un matrimonio convencional, de ésos en que dos personas se conocen, se enamoran y desean fervientemente pasar juntos el resto de sus vidas. Para Seth, se trataba de una relación en la que se había visto implicado por obligación hacia la madre de su hijo, y ya era mala suerte que ella estuviese lo suficientemente loca como para enamorarse de él.

—No puedo creer que pasaras por un embarazo... o medio, sin que yo me llegase a enterar. ¿Sabes cómo me siento al pensarlo?

Grace apartó la vista, fijándola en algún punto distante donde las rocas se tornaban doradas a la luz de la tarde.

—¿Qué sentido tenía decírtelo? Apenas te conocía y, además, no estabas aquí.

—¿Intentaste encontrarme?

—No —se incorporó rápidamente, percatándose de que había hablado de más.

—¿Y entonces cómo sabías que no estaba aquí?

—Me lo dijo mi abuelo. Entonces no sabía que te habías ido porque hizo que te despidieran. Pero en caso contrario no hubiese vuelto aquí después del aborto.

—¿Volviste? —su rostro reflejaba incredulidad y algo que ella no supo descifrar. «¿Está horrorizado?», pensó ella con dolor. ¿Se estaba preguntando, a pesar de todo lo que había dicho, qué habría hecho de encontrársela en la puerta de su casa? Y no como la estirada que él pensaba que era, sino como una mujer embarazada que iba a echar por tierra todas sus aspiraciones. Sus sueños.

–Para recuperarme. Mis abuelos insistieron en que lo hiciese. Para ellos debió de ser algo doloroso y preocupante. No conseguía reponerme. Probablemente, sentía lástima de mí misma.

Pero lo que no le dijo era cómo había pasado aquellos días y noches sola vagando por la playa, llorando por las horas que había pasado con un hombre al que había deseado más que cualquier otra cosa en su vida, al tiempo que asumía que había acabado con la posibilidad de siquiera gustarle, incluso si volvía a verlo otra vez, debido a su vergonzoso comportamiento.

Al ver los sentimientos íntimos que asomaban a su rostro, Seth pensó que había más cosas que no le estaba contando.

–Mi padre me dibujó de pie cerca de esa roca –Grace señaló una zona donde la hierba cubría los acantilados. Parecía desesperada por cambiar de tema de conversación.

–¿Tu padre? –a él le sorprendió que mencionara al hombre que la había abandonado siendo todavía un bebé. Pocas veces lo hacía, y supuso que sólo lo había hecho para romper la tensión que se había creado entre ambos.

–Vino a visitarme durante mi convalecencia. De mala gana, sin duda, porque seguramente fue mi abuelo quien se lo pidió. Sólo había venido a verme unas cuantas veces en mi vida. Y en esta ocasión me pidió que me fuese a vivir con él. Dijo que me había dejado con mis abuelos porque pensó que era lo que debía hacer, pero que ya era lo suficientemente mayor como para tomar mi propia decisión. Afirmó que había venido a buscarme, pero luego se marchó y nunca más lo volví a ver.

—¿Y nunca pensaste en buscarle, en pedirle una explicación?

—¿Lo hiciste tú con tu verdadera madre? —dijo ella mirándole con franqueza.

—Sí. O al menos, lo intenté en cuanto fui lo suficientemente mayor.

—¿Y qué ocurrió?

—Había muerto de sobredosis el año anterior.

Enmarcado por sus cabellos dorados, el rostro de Grace se llenó de compasión.

—Lo siento.

Había tal intensidad de sentimientos en aquellas dos palabras que él quiso abrazarla, enterrar los labios en su pelo y perderse en su tierna feminidad, en la belleza de su cuerpo. No él, el hombre capaz de escalar montañas y salvar cualquier obstáculo que encontrase en su camino, sino el joven adolescente que había sido. Pero se contuvo. No quería mostrar su vulnerabilidad.

—No lo sientas —dijo él, recomponiéndose—. Al menos, no por mí. Mi vida acabó solucionándose gracias a Nadia; a Cory, mi padre adoptivo; a los gemelos y al maravilloso entorno familiar en que fui acogido. Les debo todo a ellos. No podía haber pedido más.

—Mi caso fue más o menos el mismo. En realidad, no me importó que mi padre decidiese hacer su vida. Mis abuelos fueron maravillosos. No necesitaba a nadie más —pero el tono nostálgico de su voz hizo que Seth la mirase de reojo. Se dio cuenta de que no decía la verdad. Podía hacerse la fuerte delante de él, pero sospechaba que ella había sentido la ausencia de Matthew Tyler mucho más de lo que jamás confesaría a nadie.

—Se hace tarde —dijo Seth, y cuando le tomó de la mano para ayudarla a levantarse, notó que estaba muy fría. Convocó a Truffle de un silbido y éste vino corriendo de algún lugar entre las rocas–. Será mejor que volvamos.

Los dedos se le hincharon tanto que ya no podía ponerse los anillos. En aquellos días, Seth estaba trabajando mucho, tanto en casa como fuera, así que cada vez lo veía menos. Con los problemas que atravesaba su matrimonio, a menudo se sentía sola y no querida, de modo que tener que dejar de ponerse el anillo de bodas le parecía un infortunio.

Conforme avanzaba el embarazo, su preocupación por el bebé fue en aumento. Se llevó otro disgusto cuando vieron que tenía la tensión más alta de lo normal, así que se pasaba el día preocupada porque algo pudiese salir mal.

Su mayor temor era perder el niño, algo que no podía ni pensar siquiera. Nadia fue a visitarles y se quedó allí diez días para estar con Grace porque Seth tuvo que viajar urgentemente a Alemania. Cuando llegó su suegra, coincidiendo con el cumpleaños de Grace, ésta se sintió mucho mejor.

–Ha hecho maravillas contigo –comentó Seth cuando volvían a casa después de dejar a Nadia en la estación–. Me pregunto por qué nunca estás igual de feliz y contenta cuando estamos solos.

–¿Eso te parece? –susurró Grace, fingiendo despreocupación. No le iba a decir que lo quería tanto que no soportaba aquella tensión por miedo a revelarle sus verdaderos sentimientos, sobre todo sabiendo que él no la amaba en la misma medida–. Puede que sea porque cocina mejor que tú –añadió, aunque no era del todo cierto. Nadia era un genio en la cocina, pero cuando su hijo se lo proponía era capaz de preparar unos platos deliciosos.

–En ese caso, te gustará saber que te voy a invitar a comer.

Y resultó ser una comida de cuatro platos en el restaurante tailandés favorito de Grace. En principio, ella puso muchas objeciones porque se sentía muy poco atractiva dado lo avanzado de su embarazo. Pero Seth insistió y, al terminar la comida, ella tuvo que admitir que había disfrutado muchísimo.

De vuelta a casa, viendo lo imponente que estaba Seth al volante con su traje gris plateado, Grace se preguntó cómo podía ella resultarle atractiva con sus andares de ganso. Después de todo, Seth seguía siendo un hombre sensual y tremendamente viril, aunque llevasen semanas sin acostarse juntos.

–Estás muy callada –observó él mientras le ayudaba a salir del coche, posando la mirada en su rostro con gesto pensativo–. ¿Estás bien?

–Claro que sí –ella incluso consiguió reír un poco.

Pero a juzgar por la mirada que le dedicó cuando pasó por delante de él, no había conseguido engañarle.

–¿Qué es lo que pasa? –insistió él cuando entraron en la casa–. ¿Estás enfadada porque todavía no te he dado tu regalo de cumpleaños?

–¿No lo has hecho? No me había dado cuenta.

No obstante, él le había enviado flores. Dos docenas de rosas rojas que habían llegado aquella mañana. Pero ¿qué sentido podían tener para ella las flores y los regalos cuando todo lo que deseaba era amor?

–Se me ocurrió dejar algo para después –dijo con un extraño brillo en los ojos–. Algo que quizá te demuestre lo hermosa que eres, dado que últimamente te cuesta creerlo.

Inevitablemente, los ojos de Grace se iluminaron y la curiosidad ganó a su bajo estado de ánimo.

–En el dormitorio –le dijo, sin revelarle nada más.

Ella recordó que Seth había vuelto a entrar en la casa después de dejarla con Nadia en el coche, y supuso que aquélla era la razón.

¿Qué regalaría a su esposa por su cumpleaños un

hombre como Seth? Había dicho que era algo que le haría parecer bonita. Y en el dormitorio.

¿Un camisón atractivo? ¿Ropa interior picante?

Un rayo de luz que atravesaba las nubes iluminaba la habitación como un faro. Grace siguió su estela, recorriendo la habitación con la vista, hasta que de pronto reaccionó y giró la cabeza, impresionada e incrédula, hacia la escultura que adornaba la estantería.

¡Su bronce!

El que siempre se arrepintió de haber vendido.

Se acercó y acarició suavemente con manos temblorosas el suave contorno de la mujer que representaba, cuya blusa caía suelta sobre unos vaqueros apretados y su pelo largo se agitaba con la brisa del mar. Matthew Tyler había captado cómo se sentía en su mirada perdida y solitaria. Toda su confusión se reflejaba en su rostro. Todo el vacío y la soledad que había en su alma.

Al oír que se abría la puerta, se giró rápidamente. Lágrimas silenciosas corrían por sus mejillas.

–¿Dónde la has encontrado? –susurró.

Seth entró y cerró la puerta tras él.

–¿Recuerdas la subasta?

¿Cómo iba a olvidarla? Los sentimientos encontrados que albergaba aquel día; el interés frenético en la sala de subastas; las pujas cada vez más altas que habían disparado el precio de la obra de su padre... El bronce se vendió por teléfono a un postor anónimo. Alguien lo suficientemente rico y loco como para gastarse...

–¿Lo compraste tú? –susurró ella sin dar crédito.

Él estaba a su lado y acariciaba amorosamente la escultura, tal y como lo había hecho ella.

–¿Por qué? –se preguntó perpleja las razones de Seth, dado que ella ni siquiera le gustaba.

–¿Cómo me iba a resistir a semejante obra de arte? –dijo él con tal admiración en su voz que ella casi llegó a imaginar que la voz le había temblado al decirlo.

¿Pero por qué no se había resistido? ¿Porque era una escultura de Matthew Tyler? ¿O porque...?

Cerró los ojos para disipar la esperanza que amenazaba con revelarse, porque no creía que realmente pudiese soportar conocer la respuesta.

Seth era un especulador con vista para las inversiones. ¿Por qué otra razón iba a comprarla, si el único interés que despertaba en él la chica representada era la posibilidad de vengarse de ella? Y entretanto, ella se había ido a casa tras oír el martillo en la subasta, destrozada por haberse permitido venderla, por haber tomado una decisión de la que nunca había dejado de arrepentirse.

Sus ojos se encontraron con los de él, y su rostro se volvió un libro abierto. «¿Cómo pudo saber todo aquello?».

—No hacía falta indagar demasiado para saber lo mucho que te costó desprenderte de ella —le explicó él, respondiendo a la pregunta que no había formulado—. O por qué lo hiciste.

—Lo hice por el dinero —dijo ella, a la defensiva—. Para pagar las facturas y salvar mi galería —pero entonces se dio cuenta de que fue la puja de Seth la que hizo aquello posible. Que fue su dinero. Y el de nadie más. Así que hasta eso había dependido de él.

—No obstante... —su ceja arqueada le indicó que él no acababa de creer los motivos que había alegado—. Estoy seguro de que, de haber tenido una relación más fluida con tu padre, habrías encontrado otro modo de conseguir el dinero.

¿Lo habría hecho? Grace se mordió el labio inferior. Probablemente. Pero tenía además otras razones por las que deshacerse de la escultura: unas razones que para ella eran en sí una tortura tan grande como la de haber sido abandonada por su padre.

—No seas tan dura con él por no haber vuelto, Grace. Tenía sus razones.

Una nube volvió a cubrir el sol, dejando la habitación en penumbra.

—¿Cómo lo sabes?

—Porque hice algunas averiguaciones. Aunque pienses que soy un canalla, no podía quedarme parado sin hacer nada y ver el dolor y el resentimiento que había en tu interior por la forma en que te había abandonado. Me costaba creer que un hombre capaz de semejante sensibilidad en sus creaciones pudiese carecer de corazón. Venía de un mundo distinto y no encajaba en el entorno de tus abuelos. Ellos no querían que se casara con su hija y, después de la muerte de tu madre, no lo soportaban. Él renunció a ti, Grace, porque le convencieron de que le era imposible mantenerte. Él creyó que estaba haciendo lo correcto y que tendrías una vida mejor con ellos que la que él pudiera ofrecerte jamás. Tuve que indagar mucho, pero conseguí descubrir por qué no volvió a contactar contigo tal y como te prometió —ella no podía dar crédito a lo que oía. ¿Seth se había tomado tantas molestias por ella?—. Era una persona muy reservada y celosa de su intimidad, pero tras una larga búsqueda supe por una amiga y vecina lo que había pasado. Sufrió un accidente no mucho después de verte por última vez. Le provocó epilepsia además de otras complicaciones. Ella me contó que tu padre no quería que te enterases porque no quería arruinarte la vida si te sentías obligada a cuidar de él. Dijo que él sabía que ya debía de haberte causado daño suficiente en la vida como para seguir haciéndolo. Al parecer contaba con que tú no intentarías localizarle, porque, como le dijo a su vecina, no se lo merecía.

Y Grace no lo había hecho. En lugar de eso, había pensado mal de él.

Las lágrimas que habían brillado en sus mejillas al reencontrarse con su posesión más preciada empezaron a fluir y acabó llorando en el hombro de Seth.

—Lo siento, Grace —susurró él—. Pero no podía permitir que pasaras el resto de tu vida odiándole por haber roto su promesa.

Al ver que seguía llorando, la giró hacia la escultura.

—Hay mucho amor en esta estatuilla —observó, recorriendo su pátina con el dedo. Porque su padre la había querido, a su manera. De eso ya no había ninguna duda—. Mucho amor —repitió Seth, y la sorprendió al añadir—: Y en muchas variantes.

¿Lo había visto? ¿Lo había visto cuando pujó por ella hacía un año? ¿Fue eso lo que le indujo a comprarla?

—Era joven. Había perdido a mi hijo —y añadió en su cabeza: «Y tú también», pero no se lo pudo decir en voz alta.

—¿Eso es todo?

—¿Qué otra cosa podía ser? —preguntó ella, temerosa.

Él rió por lo bajo y, acercándose, le levantó la barbilla con el dedo.

—Oh, Grace —la volvió a atraer hacia ella y posó los labios en su frente con tal ternura que ella sintió ganas de llorar por lo mucho que deseaba que el cariño que expresaba su voz significase algo—. Pobre, pequeña ingenua.

Porque, por supuesto, no significaba nada o, al menos, lo que ella hubiese deseado que significase. Oh, él sería amable con ella, la respetaría, mostraría todo el amor y consideración necesarios para con una esposa embarazada. Pero no la amaba. ¿No era por eso que la llamaba «ingenua»? Porque debió de extraerlo del rostro de aquella chica inmortalizada en bronce. Había que ser ciego o estúpido para no entender los sentimientos que había captado su padre, aquello que hacía que las obras de Matthew Tyler destacaran sobre las de sus contemporáneos: la emoción. Y Seth Mason no era ni ciego ni estúpido.

Ella no pudo oponerse a que él le paseara los labios por la cara, el cuello y el hueco sensible de la articulación de su hombro, y exhaló un pequeño susurro de deseo cuando le bajó los finos tirantes del vestido.

Le rodeó el cuello con los brazos y sintió en su mejilla la mandíbula ensombrecida de Seth, percibió el olor de su loción para después del afeitado que, aunque le encantaba, no lograba ocultar el olor de su propio cuerpo mientras él la despojaba hábilmente del sujetador.

Sus pechos caían pesadamente sobre las manos de él, con los pezones grandes y oscuros como indicio de lo avanzado de su estado.

Seth gimió al bajar la cabeza para mirarla. Sus manos, sus dedos, sus caricias eran tan reverentes como la mirada de asombro que iluminaba su cara. Muy despacio y de algún modo se tumbaron en la cama y él empezó a quitarle el resto de la ropa.

Ella emitió un pequeño sonido de pudor porque él la viese desnuda de esa forma.

–Eres preciosa –susurró él, y ella vio en sus mejillas el sonrojo provocado por su deseo, por su pasión apenas controlada: una pasión reprimida y negada durante semanas que resurgió en forma de necesidad urgente de unir bocas y lenguas, de piel contra piel. Él sólo se había desprendido de la camiseta que ella le había sacado del pantalón para acariciar su pecho velludo, sus fuertes brazos, los músculos suaves como el terciopelo de su espalda.

Sensible y azuzada por el deseo, percibía en él la contención, la pasión refrenada que estaba controlando mientras sus labios paseaban por su rostro, sus pechos y luego cada vez más abajo, trazando un camino exquisito por los rasgos más maternales y alterados de su cuerpo.

Pensó, sumida en un sensual letargo, que él siempre había sido un amante increíble, pero nunca tan impecable como en ese momento.

Contuvo la respiración ante el placer innegable que sus labios trazaron en su zona más reservada, consciente de su necesidad de ternura y sus ansias por satisfacer sus deseos.

Entregada a la maestría de su boca, Grace sintió un fuego que empezaba a surgir, las llamas del deseo que iban creciendo e inundándola desde el centro de su feminidad hasta que su calor fue demasiado fuerte como para contenerlas y explotó en una hoguera palpitante que la hizo sollozar de placer y luego se convirtió en una necesidad de detenerle.

Mientras el trance de su orgasmo se iba desvaneciendo, se sentía tan sensible que apenas podía creerlo. Era tal su sensibilidad que no podía asumir que la siguiese acariciando así, pero seguía deseando la única cosa que él podía darle: a sí mismo.

Húmeda, sonrojada y con el cabello alborotado, con un murmullo entrecortado de deseo, intentó acercarse a él, pero Seth ya se estaba alejando de ella y un gemido de decepción escapó de sus labios cuando vio que se levantaba.

No la necesitaba. No del modo en que ella lo necesitaba a él. Puede que al principio sí, pero quizá él ya había asumido que aquello no era suficiente.

–Me sacas de mis casillas –oyó que él susurraba, respirando con dificultad. Y entonces se marchó y, un momento después, Grace oyó cómo se cerraba la puerta trasera de la casa.

Inmerso en el tormentoso viento, Seth paseó junto a Truffle su frustración por la playa.

¿Había sido un error que se casaran como lo habían hecho, sin darse tiempo para conocerse el uno al otro? No estaba seguro de si, en ese momento, él sabía a ciencia cierta si era bueno que ambos intentaran construir una vida juntos. Sólo sabía que no podía dejar que el niño que había engendrado sufriese del modo en que él lo había hecho.

Pensó que ella lo había acusado de casarse para abrirse puertas y él no podía negar que esa idea había cruzado por su mente. Era como una especie de «extra» a la certeza de que ella iba a tener un hijo suyo. Pero sólo había sido eso, un pensamiento pasajero, porque siempre se había bastado con su propia fuerza y determinación para obtener lo que se propusiera. Y lo único que se había propuesto era tener a Grace en su cama de forma permanente.

Pero las cosas le habían salido mal, cosas que no había previsto cuando logró colocar un anillo de boda en su dedo. Casi se echó a reír al acordarse de que había pensado en lo fácil que le había resultado rendirla a sus encantos.

Ella podía acostarse con Seth, si éste era lo suficientemente implacable como para olvidar todo lo que le impedía ejercitar ese derecho. Pero ¿era eso lo que realmente deseaba, incluso si podía hacerlo sin riesgo para Grace o para el bebé, con tanto orgullo, tanta sospecha y desconfianza enfriando su cama?

Sólo sabía que no podían seguir de ese modo. Las cosas habían cambiado desde que se casó con ella. Sobre todo para él.

Armándose de valor ante lo que debía hacer y apretando el paso para huir de la lluvia que ya empapaba su camisa, decidió que, una vez naciera el niño, tendría que decirle la verdad.

Capítulo 11

NADIA ANDABA de aquí para allá con su nieto de un mes como si fuera la primera mujer sobre la tierra que se hubiese convertido en abuela. Los gemelos también habían acudido a visitar a Grace y Seth en la casa durante la primera semana de vida de su sobrino, al que, para alegría de ambos, habían decidido llamar Cory como su padre y Matthew como el padre de Grace.

–No importa lo que hagan los demás: Seth siempre tiene que hacerlo mejor –bromeó su hermano menor, Alvin, que era tan pelirrojo y pícaro como su hermana gemela. Se refería a que Cory Matthew había pesado más de cuatro kilos al nacer–. Debería haber una ley contra las personas como él. Podías haber matado a la madre –le reprendió jovialmente. Como todos sabían entonces, no había sido un parto fácil. Pero luego palmeó a Seth en la espalda, orgulloso–. Buen trabajo, hermanito.

–Si alguna vez necesitas niñera, me avisas –rogó Alicia, mientras su madre agitaba un dedo en su dirección y le advertía de los peligros de despertar demasiado pronto el instinto maternal–. Bueno, supongo que no tendré mucho tiempo por los estudios, pero dado que Seth y Grace están buscando casa más cerca de Londres, quizá podría quedarme con el perro de vez en cuando.

Todos rieron, pero Grace detectó cierta intranquilidad en la sonrisa de Seth.

Pasadas unas semanas, con los gemelos de vuelta a sus estudios y Cory arriba en su habitación bajo los cuidados de Nadia, Seth sugirió a Grace un paseo en coche.

–Cory estará bien –insistió él al ver que ella se mostraba preocupada por apartarse del niño. Después de todo, era la primera vez que iba a algún sitio sin él–. Confía en mí. Mi madre es una cuidadora experta –dijo él para tranquilizarla, y luego, en tono más sombrío, añadió–: Grace... tenemos que hablar.

Algo en su forma de decirlo hizo que a Grace se le encogiera el estómago. Sabía que aquello tenía que llegar. Aunque pensaba que no sería tan pronto.

Él no pronunció una palabra mientras la llevaba hasta el coche, nada hasta que estuvieron en la carretera flanqueada de árboles donde las hojas formaban una cubierta sobre sus cabezas.

–Creo que sabes por qué te he sacado de casa, Grace.

Ella contempló su espléndida figura, ataviada de modo informal, con unos vaqueros y un jersey fino. Luego apartó rápidamente la mirada y, en un intento por ganar tiempo, dijo:

–Para dar un paseo en coche, ¿para qué si no? –pero su corazón latía con fuerza y tenía la boca seca.

–Porque creo que sabes tan bien como yo que las cosas no han salido tal y como esperábamos. Y que no pueden seguir como están.

–No –fue un intento valiente por ser tan práctico y realista como él.

–Bueno, al menos ya tenemos ganada media batalla.

–No sabía que estábamos librando una batalla.

Él la miró escéptico antes de volver a fijar la atención en la carretera.

–Se trata de una guerra fría. Y eso es muchísimo peor. Estoy seguro de que estarás de acuerdo en que no se trata de una base muy sólida para construir un matrimonio.

Ella se giró dolida. En las últimas semanas, él había estado distinto, no menos atento pero sí más distante, preocupado, a pesar de que en las duras y largas horas del parto no se había apartado de su lado.

–Tu familia piensa que somos felices. ¿Qué piensas decirles?

–Esto es un asunto que no les concierne –subió por una cuesta empinada, puso el intermitente y empezó a desacelerar el coche. Finalmente, se detuvo en la zona de matorral donde había aparcado en primavera la primera vez que la llevó allí–. Es algo que únicamente nos incumbe a los dos.

–Creía que sería suficiente –afirmó él, apagando el motor. Había algo en su voz y en el modo en que se echó hacia atrás en el asiento con aire resignado que a Grace le encogió el corazón–. Pensaba que el hecho de esperar y tener un hijo, planear su futuro, sería suficiente base para una relación duradera, que nos ayudaría a crecer juntos. Pero no basta, ¿verdad, Grace?

¿Qué estaba diciendo? ¿Que quería dejarlo? Le dolía demasiado incluso pensar en esa posibilidad.

–Parece que no lo ha sido, no –ella alzó la cabeza para defenderse del dolor, de los sentimientos que amenazaban con abrumarla. Tenía que contenerlos. Tenía que ser fuerte. ¿Pero cómo, cuando todo su mundo se estaba derrumbando?

–Lo siento –se fijó en la rigidez de su rostro lívido y tenso y se disculpó por la forma en que la estaba haciendo sentirse–. Pero creo que es hora de que al menos uno de nosotros empiece a decir la verdad.

Así llegó el momento que había estado temiendo, el momento en que él le explicara por qué había dejado de acostarse con ella. Por qué se había apartado cada vez más de ella tanto mental como físicamente en los últimos dos meses, incluso aunque pensara que ella no era consciente de ese hecho. Pero todas las mujeres acaban por saber cuándo las atenciones de su marido se dirigen hacia otra cosa u otra persona.

–¿Quién es? –no pudo evitar hacerle esa pregunta, incluso aunque no podía soportar conocer la respuesta y, al ver la arruga que a él se le formaba entre los ojos, insistió–: ¿De quién se trata, Seth?

El rostro de Seth estaba asolado por una oscura emoción que ella no logró discernir.

–Seth, por favor... –fue un susurró de agonía–. Tengo derecho a saberlo.

El aliento de Seth parecía estremecerse en sus pulmones.

–Supongo que ya lo sabes –dijo él en voz baja. Entonces la tomó de la mano y se giró para mirarla fijamente, como si intentara memorizar todos los detalles de su cuerpo esbelto y tembloroso.

Ella no confiaba en ningún hombre. Seth pensó que era imposible, teniendo en cuenta las experiencias que había tenido en el pasado. Para empezar, no es que hubiera estado precisamente encantada con el embarazo y el matrimonio, y poco se podía elogiar de los otros hombres que habían pasado por su vida. Paul Harringdale. Lance Culverwell. Su padre. ¿Cómo había podido pensar que tenía posibilidades donde los demás habían fracasado?

–Supongo –dijo con voz dubitativa, como si escogiese cuidadosamente las palabras– que se podría decir que es una dama muy especial.

Grace cerró los ojos. No podía dejar que él viese la tortura a la que le estaba sometiendo.

–Y me estás pidiendo que pongamos fin a nuestro matrimonio, ¿no es eso?

Las facciones de Seth se endurecieron.

–¿Es eso lo que quieres que diga? ¿Lo que has querido todo el tiempo?

Ella no contestó. ¿Cómo podía decir esas cosas?

–Soy consciente de que te sentiste empujada a casarte conmigo. ¿Por qué lo hiciste, Grace?

–Sabes bien por qué.

–Dímelo. Quiero oírtelo decir.

Ella vio cómo él le miraba la garganta, la forma en que se agitaba nerviosamente mientras susurraba una versión dolorosamente disfrazada de la verdad.

–Por Cory.

Seth asintió, pero su rostro era una máscara inescrutable.

–¿Y nada más?

¿Qué pretendía que dijese? ¿Qué intentaba hacer, arrancarle la verdad hasta que no le quedara nada, ni dignidad, ni orgullo, ni respeto por sí misma?

–¡No, nada más, canalla! –alzó la barbilla y le volvió la cara. No pensaba darle la satisfacción de verla llorar–. Ahora ya lo sabes –revolvió el bolso en busca de un pañuelo de papel, pero no lo encontró. Él le ofreció un pañuelo blanco doblado y ella se lo arrancó de la mano y se sonó la nariz–. Dime, ¿cómo es? –perdió la mirada en los barcos y los apartamentos que había en la distancia–. ¿Cómo es esa dama tan especial? –no pudo evitar el tono sarcástico.

Él no respondió de inmediato, así que ella lo miró cautelosamente. Sus ojos grises se habían convertido en oscuros estanques de sentimiento y ella sintió que se hundía en su profundidad insondable.

Finalmente, él dijo:

–Sencilla. Honesta. Sin pretensiones.

Se parecía a algo que uno de ellos había dicho hacía mucho tiempo, pero ella se encontraba demasiado triste como para averiguar en qué momento.

–De hecho –dijo él en un tono tan suave que pareció acariciarle los sentidos–, creo que puedo afirmar sin miedo a equivocarme que es tan bonita como tú.

¡No podía creer que él estuviera diciendo aquello! O que ella le permitiese acariciarle la mejilla siguiendo el rastro húmedo de sus lágrimas.

Incluso allí y en semejante momento, sus caricias le resultaban terriblemente excitantes y el olor de su loción, que todavía le impregnaba los dedos, le embriagaba de tal manera que podría haber sucumbido fácilmente a todo lo que él le hiciera y hubiese gritado que no le importaba si tenía mil amantes siempre y cuando no la destrozara a ella ni a su matrimonio de aquel modo.

—Creo que deberías conocerla.
¡Conocerla!
Más dolida de lo que creía posible, se apartó enfadada de la peligrosa seducción de sus caricias.
—¿De qué demonios estás hablando? ¿Qué es lo que buscas, Seth, mi aprobación? ¿O es que pretendes humillarme?
—Nunca tuve intención de hacerte sentir tan desdichada —su rostro reflejaba una intensidad casi dolorosa—. Quiero que me creas. Pero también quiero que confíes en mí si te digo que lo que te estoy pidiendo es para bien —sus palabras parecían temblar en su interior.
¿Tanto quería a esa mujer tan especial para él? Grace sintió que la consumían los celos.
Con un sollozo amargo, dijo:
—¿Por qué? ¿Para tranquilizar tu conciencia? ¿Es que todavía no me has hecho suficiente?
—Sé que en este momento no te lo parece —respondió él finalmente, sacando las llaves del arranque—. Pero todo lo que creas que he hecho, mi amor, no son más que imaginaciones tuyas.
¿Como esperar que conociera a la mujer a la que amaba? ¿Como alardear de amante como había alardeado de su riqueza, su influencia y su poder?
Una oleada de indignación coloreó las mejillas de Grace mientras le respondía de forma implacable:
—Estabas dispuesto a destruirme desde el principio. ¿No ha sido ésa tu intención todo este tiempo?
Seth cerró los ojos como si intentase borrar una verdad a la que no quería enfrentarse. Pero luego, espirando con fuerza, admitió:
—Al principio sí, me avergüenza decir que quería verte morder el polvo. Pero luego apareció Cory en escena...
—Y de pronto tu jueguecito de venganza dejó de ser tan divertido.
—No —susurró él, poniéndose muy serio. Ella podría

haber dicho que estaba arrepentido a no ser porque no lo creía capaz de albergar semejante sentimiento–. No fue divertido en absoluto.

Grace contempló con rostro compungido los árboles rojos, dorados y ámbar que descendían por la colina y ocultaban la diminuta bahía que había debajo.

Grace había sabido siempre que para él todo lo que tenían no era más que sexo. Se había dejado arrastrar tanto como ella por la pasión que se apoderaba de ellos cada vez que estaban juntos. Pero en algún momento, mientras ella se enamoraba absoluta y perdidamente de él, éste había conocido a otra persona y había acabado por decidir que lo que compartía con Grace no era suficiente.

–Vamos –lo escuchó decir cariñosamente a través de su desesperación–. Esto no nos hace ningún bien. Creo que deberíamos dar un paseo.

Ella no quería. No tenía fuerzas ni ganas de moverse, y no lo hubiese hecho si él no llega a acercarse a abrirle la puerta y pedirle que saliera del coche.

–¿Por qué no vamos a casa? –dijo en voz baja y sombría, preguntándose cómo la iban a sostener las piernas estando vacía como estaba.

–Porque ambos necesitamos un poco de aire fresco –insistió él. Su mano firme, fuerte y cálida rodeaba la de ella conforme la llevaba colina abajo.

La vegetación era espesa en algunas partes, y Seth apartó una rama que invadía el sendero para que no golpeara la cara de Grace. Y lo hizo con cariño, lo cual no concordaba con todo lo que estaba sucediendo entre ambos. Las hojas secas que cubrían el suelo crujían bajo sus pies, y otras caían, como los sueños del pasado, pensó Grace de forma inevitable, mientras descendían hacia la costa.

Y de pronto, los árboles desaparecieron y se encontraron en una playa protegida por un promontorio de rocas que emergía a la derecha.

–Ahí está la mujer que quiero que conozcas –conforme hablaba, Grace se dio cuenta de que, en su descenso, habían bordeado el cabo a través de los bosques y que estaban en el lugar donde se habían encontrado aquel fatídico día de hacía tantos años–. Está ahí.

Pero la playa estaba desierta, excepto por una gaviota que despegó con un graznido de protesta al oír los guijarros crujir bajo sus pies. Y por el velero, en su remolque, igual que entonces.

Grace descubrió asombrada que podía tratarse de la misma embarcación de la que Seth se había mostrado tan orgulloso y de la que ella se burló siendo una adolescente consentida. Pero sabía que no era el mismo. Éste era nuevo, una réplica, construida con el mayor cuidado hasta el último detalle. Pero fue el nombre que había pintado en el costado con el mismo grado de amor y cariño el que hizo que Grace emitiese un grito ahogado: *LORELEI*.

¡La ninfa marina con quien la había comparado hacía tantos años!

–Me atrajo a mi destino el día que se topó conmigo en esta misma playa –decía Seth–. Y ese destino era el de amarla, pasara lo que pasara. Sin piedad. Incondicionalmente. Sin conmutación de pena.

Ella no acababa de entender lo que estaba diciendo, ni era capaz de hablar. Su voz, como su corazón, se había atascado de tantas emociones: impresión, incredulidad, desconcierto.

–Creo que estarás de acuerdo en que es una dama bellísima.

–Oh, Seth... –conforme empezó a entenderlo todo, fue recuperando la voz–. ¿Entonces no hay...?

–¿No hay qué?

–¿Nadie más? –se sintió en una montaña rusa emocional, primero abajo, luego arriba, y luego tan alto que se sintió mareada por las alturas a las cuales la conducía.

–¿Por qué te sorprende tanto, Grace? ¿Es que todavía no te has dado cuenta de lo mucho que te quiero?

Su corazón se ensanchó de tal forma que parecía a punto de explotar, y su mente se mostraba aún incapaz de asumir que él le estaba declarando su amor.

–Pero yo pensaba ...

–¿Pensabas qué? ¿Qué deseaba fijarme en otra mujer después de estar contigo? –al ver que ella negaba con incredulidad y su mirada de sorpresa e incomprensión, continuó–: ¿Qué necesitas, Grace? ¿Que admita que me enamoré de ti hace mucho tiempo? ¿Que eso es lo que me movió y me llevó a decidirme a hacerte pagar que me rechazaras del modo en que lo hiciste? –hizo una mueca de autorreprobación–. Pero no me di cuenta de ello hasta que empecé a conocer por mí mismo a la verdadera Grace Tyler.

Ella se mordió el labio inferior para intentar contener la alegría que recorría su interior, incapaz de creer que podía ser la única mujer que había en su corazón: el corazón del hombre que adoraba con todo su ser, con su vida.

–Pero tú nos obligaste a estar separados. A dormir en habitaciones separadas. Ni siquiera quisiste tocarme durante Dios sabe cuánto tiempo –añadió ella, dolida al recordarlo y sintiéndose inusitadamente tímida, en vista del hijo grande y hermoso que acababa de darle.

–Oh, quería hacerlo, créeme, ¡lo deseaba! –insistió él con fervor, dándole a entender la tortura que le había supuesto tener que controlarse y contenerse–. Pero era el único modo en que podía confiar en que no te tocaría. Después de lo que le pasó a tu madre y todos los problemas que sufriste, primero con tu aborto y luego durante el embarazo de Cory, no quería hacer nada que pudiese poner en peligro tu vida o la de nuestro bebé. No estaba dispuesto a correr ningún riesgo, y sabía que acabaría haciendo el amor contigo si dormíamos juntos. Además, pensé que no nos iba a hacer ningún mal cultivar otros aspectos de nuestra relación, sin esa necesidad tan placentera pero incontrolable que anegaba todas las otras cosas que debíamos compartir. No creí que al hacerlo te apartaría aún más de mí. Pero te deseé, te quise desde la primera vez que te vi en el varadero, quise a la esnob estirada que no podía luchar contra lo que ocurría entre nosotros por mucho que quisiera.

–¿Es ésa la razón por la que compraste mi escultura?
–¿Tú qué crees? –dijo él. Torciendo el gesto, añadió–: Aunque entonces pensé que tenerla me otorgaba cierto grado de ventaja sobre ti. Pero ¿por qué la vendiste? No fue porque no querías conservar nada de tu padre o para salir de un apuro económico, ¿verdad?

Ella negó con la cabeza. Había llegado el momento de desvelarlo todo.

–Me entristecía mirarla por el periodo de mi vida que me recordaba. Te traté muy mal y lo lamentaba muchísimo. Cuando perdí al niño, que era lo único que resultó de aquel maravilloso momento que compartimos, y fue maravilloso, independientemente de lo que pretendía que pensaras entonces, pensé que estaba recibiendo un castigo. Y en cierto modo fue así, porque ese aborto me hizo darme cuenta de lo que realmente era valioso en mi vida y lo que no, y por supuesto no era ninguna de las cosas materiales que creía tan importantes. Supe que lo que tenías eran las cosas que realmente importaban: sinceridad, integridad, el ser fiel a ti mismo. Cuando pensaba que había acabado con todo lo que respetaba de ti, no te puedo explicar lo infeliz que llegué a sentirme.

Pasó la mano cariñosamente por el nombre dorado de la sirena con quien él la había comparado cuando se conocieron.

–Pero no lo hice, ¿verdad? –susurró ella con añoranza. Seth seguía siendo el mismo hombre que conoció lo que le parecía ahora hacía una vida: ambicioso, enérgico, dinámico. Pero también tierno y compasivo. Sin embargo, le gustaba pensar que ella no era la misma. O, al menos, esperaba no serlo.

Él siguió con la vista cómo los dedos de Grace trazaban su obra antes de cubrirle la mano y entrelazar sus dedos con los de ella.

–¿Tú qué crees?

–Creo que te quiero –susurró ella, con toda la fuerza de su corazón, y lanzó un grito ahogado al ver que él la agarraba.

Seth pensó que había perdido mucho tiempo y mucho amor debido a su orgullo, al de él. Pero tenía intención de cambiarlo todo, empezando en ese mismo instante.

–Un día te llevaré de paseo en él –le susurró sin aliento, refiriéndose al barco que había construido para ella, cuando finalmente consiguió tomar aire tras besarla apasionadamente–. Pero primero necesito ir a casa a convencer a Nadia de que a Cory y a Truffle les vendrá bien un poco de aire fresco y de ejercicio. Porque en este momento, señora Mason, necesito disfrutar en la cama de los placeres que tanto tiempo he ansiado disfrutar con mi mujer.

Un par de horas más tarde Grace yacía en sus brazos en el hermoso dormitorio del que él se había exiliado en otro tiempo y se percató de que contemplaba la escultura que descansaba sobre el estante.

–Me llamaste ingenua y estúpida el día que me la diste –le recordó Grace en tono de reproche, preguntándose aún por qué lo había hecho–. Pensé que era porque te habías dado cuenta de que en aquel tiempo te quería, y de que todavía seguía haciéndolo, de modo que sentías lástima por mí.

–Debo confesar que empecé a sospechar sobre tus sentimientos, pero no me atrevía a albergar esperanzas. Pero te llamé estúpida, amor, por destruir lo que podríamos haber compartido desde el principio, e ingenua porque dejaste que las diferencias sociales se interpusieran entre nosotros. El día de tu cumpleaños quise decirte lo que sentía, pero no confiabas lo suficiente en mí como para hablar de tus sentimientos y tenía miedo de haber estado imaginando lo que quería creer. Sólo esperaba que, si hacía lo suficiente por demostrarte lo mucho que me importabas, acabarías dándote cuenta de lo que te quería.

Y Grace fue consciente de que se había preocupado por ella. De muchas formas. Le había dado todo lo que siempre había deseado o desearía jamás: un hijo; una mejor opinión de su padre el día que la sorprendió con la escultura; aquella misma tarde con el barco. Además, había salvado la empresa, porque las acciones se habían disparado en los últimos dos meses, y él le había garantizado un puesto en la dirección en el momento en que decidiese volver.

—Cuando descubrí que había sido tu primer amante, no puedo explicar cómo me sentí. Pero pensar en otro hombre abrazándote así, haciéndote el amor... —la voz le temblaba de angustia— cuando debería ser yo...

—Tú has sido el único, siempre.

—¿Quieres decir...? —por la forma en que su voz se apagó y la fuerza con que la estrechó entre sus brazos, ella supo que Seth se sentía totalmente abrumado por la confesión—. Tenías que habérmelo dicho, aunque sabía que nunca ibas a admitir que me amabas, que no confiabas en ningún hombre lo suficiente como para revelar tus sentimientos. Por eso esta tarde te obligué a hacerlo como lo hice.

—Sé que debía haber confiado en ti —se incorporó sobre un codo— y decirte lo que sentía —cariñosamente, apartó los mechones de pelo que le cubrían la frente.

—Pues dímelo ahora.

—Te quiero —susurró ella, acercando sus labios a los de él y colocándose sobre su cuerpo, dispuesta a demostrárselo de la forma más placentera que conocía.

Bianca

Un diamante y un pacto con el diablo

Francesca d'Oro solo tenía dieciocho años cuando el sexy y misterioso Marcos Navarro se casó con ella. Luego, antes de que se secara la tinta del certificado de matrimonio, la abandonó. Aunque le había regalado un anillo de compromiso, a cambio, él robó una joya mucho más valiosa: El Corazón del Diablo, un espectacular diamante amarillo que, según creía Marcos, había pertenecido antiguamente a su familia.

Años más tarde, Francesca decidió recuperar la joya, pero había olvidado que el nombre del collar era perfecto para Marcos… y que hacer tratos con el diablo era extremadamente peligroso.

Corazones de diamante

Lynn Raye Harris

¡YA EN TU PUNTO DE VENTA!

Acepte 2 de nuestras mejores novelas de amor GRATIS

¡Y reciba un regalo sorpresa!

Oferta especial de tiempo limitado

Rellene el cupón y envíelo a
Harlequin Reader Service®
3010 Walden Ave.
P.O. Box 1867
Buffalo, N.Y. 14240-1867

¡Sí! Por favor, envíenme 2 novelas de amor de Harlequin (1 Bianca® y 1 Deseo®) gratis, más el regalo sorpresa. Luego remítanme 4 novelas nuevas todos los meses, las cuales recibiré mucho antes de que aparezcan en librerías, y factúrenme al bajo precio de $3,24 cada una, más $0,25 por envío e impuesto de ventas, si corresponde*. Este es el precio total, y es un ahorro de casi el 20% sobre el precio de portada. !Una oferta excelente! Entiendo que el hecho de aceptar estos libros y el regalo no me obliga en forma alguna a la compra de libros adicionales. Y también que puedo devolver cualquier envío y cancelar en cualquier momento. Aún si decido no comprar ningún otro libro de Harlequin, los 2 libros gratis y el regalo sorpresa son míos para siempre.

416 LBN DU7N

Nombre y apellido   (Por favor, letra de molde)

Dirección   Apartamento No.

Ciudad   Estado   Zona postal

Esta oferta se limita a un pedido por hogar y no está disponible para los subscriptores actuales de Deseo® y Bianca®.
*Los términos y precios quedan sujetos a cambios sin aviso previo.
Impuestos de ventas aplican en N.Y.

SPN-03   ©2003 Harlequin Enterprises Limited

Deseo™

Una noche con un príncipe
ANNA DePALO

Pia Lumley, organizadora de bodas, se llevó un buen disgusto cuando el primer marido de la novia irrumpió en la ceremonia echándola a perder. Pero su malestar fue en aumento al fijarse en uno de los invitados al enlace: James Fielding, el hombre que le arrebató la virginidad tres años antes y desapareció robándole el corazón. Más atractivo que nunca, aseguraba haber dejado atrás sus años de calavera. Esta vez ella se propuso no ser la seducida sino la seductora. Pero no tardaría en descubrir algo que él había estado ocultando todo ese tiempo...

¿Organizaría Pia su propia boda?

¡YA EN TU PUNTO DE VENTA!

Bianca

¿Una venganza en bandeja de plata?

El famoso Nikos Katrakis andaba en busca de una nueva amante cuando, de repente, la heredera Tristanne Barbery se ofreció voluntaria. ¿Podían ser tan fáciles de conseguir placer y venganza?

Tristanne sabía que no debía jugar con fuego, y menos con un hombre de tanto carisma como Nikos Katrakis. Sin embargo, a pesar de que sabía muy bien a lo que se exponía, no tenía elección.

Para sorpresa de Nikos, Tristanne no era la chica débil, dócil y casquivana que había creído, y pronto sus planes de venganza empezaron a desmoronarse como un castillo de naipes.

Por venganza y amor

Caitlin Crews

¡YA EN TU PUNTO DE VENTA!